最美文

Zuimei Wen

陈晓辉　一路开花 / 选编

蔓延在青春里的小时光

中央编译出版社
Central Compilation & Translation Press

图书在版编目（CIP）数据

蔓延在青春里的小时光 / 陈晓辉，一路开花选编. —北京：中央编译出版社，2017.1
ISBN 978-7-5117-3163-0

Ⅰ.①蔓… Ⅱ.①陈… ②一… Ⅲ.①随笔 – 作品集 – 中国 – 当代 Ⅳ.① I267.1

中国版本图书馆 CIP 数据核字（2016）第 260085 号

蔓延在青春里的小时光

出 版 人	葛海彦
出版统筹	贾宇琰
责任编辑	邓永标　舒　心
责任印制	尹　珺
出版发行	中央编译出版社
地　　址	北京市西城区车公庄大街乙 5 号鸿儒大厦 B 座（100044）
电　　话	（010）52612345（总编室）　　（010）52612371（编辑室） （010）52612316（发行部）　　（010）52612317（网络销售） （010）52612346（馆配部）　　（010）55626985（读者服务部）
传　　真	（010）66515838
经　　销	全国新华书店
印　　刷	北京紫瑞利印刷有限公司
开　　本	710 毫米 ×1000 毫米　1/16
字　　数	206 千字
印　　张	14
版　　次	2017 年 1 月第 1 版第 1 次印刷
定　　价	29.00 元
网　　址	www.cctphome.com　　邮　箱　cctp@cctphome.com
新浪微博	@中央编译出版社　　微　信　中央编译出版社（ID：cctphome）
淘宝店铺	中央编译出版社直销店（http: // shop108367160.taobao.com）（010）52612349

凡有印装质量问题，本社负责调换。电话：（010）55626985

蔓延在青春里的小时光

目录

CONTENTS

第一辑　给你人间寻常爱

习惯于失去（文/周国平）……002

母亲的勇气（文/一路开花）……005

岁暮至家（文/纳兰泽芸）……007

给你人间寻常爱（文/郭利）……009

50美分的厚爱（文/庞启帆编译）……012

别吵，让父亲睡一会儿（文/汤小小）……014

蔓延在青春里的小时光（文/眷尔）……017

六千步的长度（文/杨宝妹）……024

这一生，只为爱而活（文/马朝兰）……027

第二辑　让爱去爱

逃票的男孩（文/夏丹）……032

总统的守身如玉（文/代孔胜）……035

从中国后裔到菲律宾总统（文/马丽华）……038

总让你赢的那个人（文/罗静）……041

我们是姐妹（文/阿杜）……044

让爱去爱（文/倪西赟）……050

第三辑　情敌与上帝

愿我们来世不再相见（文／宋敏）……056
你比我多爱了整整三十年（文／李兴海）……062
不见天日的疼爱（文／郑沈倩）……068
爱是一生的回味（文／程刚）……072
三十六封信（文／柏俊龙）……075
山路上的小伙子（文／何东）……078
银行里的小男孩（文／〔美〕菲利普·罗斯　庞启帆编译）……081
情敌与上帝（文／凤凰）……084
母爱是最暖的阳光（文／凤凰）……087

第四辑　他的列车，开往地老天荒

要对有些爱不以为然（文／何东）……092
原谅我不能再爱你（文／郭紫雯）……095
我的父亲在流汗（文／王万龙）……102
阳光的布衣（文／郭紫雯）……105
他的列车，开往地老天荒（文／胡识）……108
沉默的石头会开花（文／张燕峰）……112
爱，一直围绕在我身边（文／龙岩阿泰）……116
一个英雄的小要求（文／汤小小）……123
我们是一根藤上的瓜（文／龙岩阿泰）……127

第五辑　为了幸福的巴格达

教父亲认字（文/宋敏）……134
愿母自私（文/李兴海）……137
父亲的肩膀（文/告白）……140
暖透一生的奶酪（文/崔修建）……143
为了幸福的巴格达（文/程刚）……146
爱的鼓声（文/段奇清）……148
奇气磊落撑苍穹（文/奇清）……152
内心深处安个家（文/清翔）……157
别和母亲"失联"（文/汤小小）……162

第六辑　请再给我多一点时间陪着你

如果爱意可以快递（文/李瑞）……166
爱的表达（文/宋传德）……169
心的呼唤（文/宋杰）……173
这个世界我来过（文/戚桂敏）……177
诚信老爹（文/贾子安）……181
生命的甘露（文/张燕峰）……185
请再给我多一点时间陪着你（文/雪妡）……190
你是上天最好的馈赠（文/柏俊龙）……193
最温暖的归宿（文/邢占双）……199

第七辑　声音的温度

刨地与鲜花（文/查一路）…… 202
掌心里的桔子（文/赵海生）…… 205
在冬夜里歌唱的鱼（文/李紫）…… 207
美丽与苍凉的手（文/闻明）…… 209
风雪夜归（文/杨晴）…… 211
和父亲掰手腕（文/莉川）…… 213
声音的温度（文/程印）…… 215

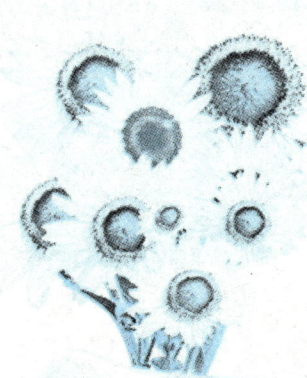

第一辑

给你人间寻常爱

　　我们都是普通人，无法用千金宝马赢得心爱之人的展颜一笑；我们也遭遇不到考验生死的机会，无法那样演绎荡气回肠的故事。于是，在那些平淡琐碎的日子里，我们能够给予最爱的人的也不过就是那人间最寻常的爱。那一蔬一饭，一言一语，一寸寸光阴，是我们能够付出的最卑微也是最宝贵的爱。

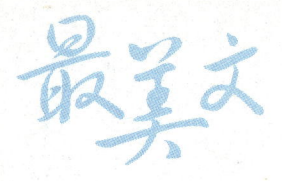

习惯于失去

文 / 周国平

有时候失去不是忧伤，而是一种美丽。

——村上春树

出门时发现，搁在楼道里的那辆新自行车不翼而飞了，两年之中，这已是第三辆。我一面为世风摇头，一面又感到内心比前两次失窃时要平静得多。

莫非是习惯了？

也许是。近年来，我的生活中接连遭到惨重的失去，相比之下，丢辆自行车真是不足挂齿。生活的劫难似乎使我悟出了一个道理：人生在世，必须习惯于失去。

一般来说，人的天性是习惯于得到，而不是习惯于失去。呱呱坠地，我们首先得到了生命。自此以后，我们不断地得到：从父母那里得到衣食、玩具、爱和抚育，从社会上得到职业的训练和文化的培养。

长大成人以后，我们靠着自然的倾向和自己的努力继续得到：得到爱情、配偶和孩子，得到金钱、财产、名誉、地位，得到事业的成功和社会的承认，如此等等。

当然，有得必有失，我们在得到的过程中也确实不同程度地经历了失去。但是，我们比较容易把得到看做是应该的、正常的，把失去看做是不应该的、不正常的。所以，每有失去，仍不免感到委屈，所失愈多愈大，就愈委屈。

我们暗暗下决心要重新获得，以补偿所失。在我们心中的蓝图上，人生之路仿佛是由一系列的获得勾画出来的，而失去则是必须涂抹掉的笔误。总之，不管失去是一种多么频繁的现象，我们对它反正不习惯。

道理本来很简单：失去当然也是人生的正常现象。整个人生其实是一个不断地得而复失的过程，就其最终结果看，失去反比得到更为本质。我们迟早要失去人生最宝贵的赠礼——生命，随之也就失去了在人生过程中得到的一切。

有些失去看似偶然，例如天灾人祸造成的意外损失，但也是无所不包的人生课题中应有之义。"人有旦夕祸福"，既然生而为人，就得有承受旦夕祸福的精神准备和勇气。至于在社会上的挫折和失利，更是人生在世的寻常遭际了。

由此可见，不习惯于失去，至少表明对人生尚欠觉悟。一个只求得到不肯失去的人，表面上似乎富于进取心，实际上是很脆弱的，很容易在遭到重大失去之后一蹶不振。

为了习惯于失去，有时不妨主动地失去。东西方宗教都有布施一说，照我的理解，布施的本义是教人去除贪鄙之心，由不执著于财物，进而不执著于一切身外之物，乃至于这尘世的生命。如此才可明白，佛教何以把布施列为"六度"之首，即从迷惑的此岸渡向觉悟的彼岸的第一座桥梁。

俗众借布施积善图报，寺庙靠布施敛财致富，实在是小和尚念歪了老祖宗的经。我始终把佛教看做古今中外最透彻的人生哲学，对它后来不伦不类的演变深不以为然。佛教主张"无我"，既然"我"不存在，也就不存在"我的"这回事了。无物属于自己，连自己也不属于自己，何况财物？明乎此理，人还会有什么得失之患呢？

当然，佛教毕竟是一种太悲观的哲学，不宜提倡。只是对于入世太深

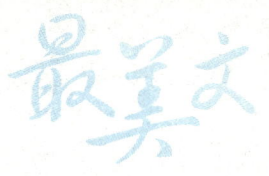

的人，它倒是一帖必要的清醒剂。我们在社会上尽可以积极进取，但是，内心深处一定要为自己保留一份超脱。有了这一份超脱，我们就能更加从容地品尝人生的各种滋味，其中也包括失去的滋味。

由丢车引发这么多议论，可见还不是太不在乎。如果有人嘲笑我阿Q精神，我乐意承认。试想，对于人生中种种不可避免的失去，小至破财，大至死亡，没有一点阿Q精神行吗？

由社会的眼光看，盗窃是一种不义，我们理应与之做力所能及的斗争，而不该摆出一副哲人的姿态容忍姑息。可是，倘若社会上有更多的人领悟这人生根本道理，世风是否会好一些呢？那么，这也许正是我对不义所做的一种力所能及的斗争罢。

（原载《读书文摘》2011年第12期）

已经拥有的不要放弃；已经得到的更加珍惜；属于自己的不要放弃；已经失去的留作回忆。如果伤了才明白坚强，那么累了就把心靠岸吧。

母亲的勇气

文 / 一路开花

母爱是世界上最伟大的力量。

——米尔

2006年12月14日,深夜11点24分,在美国洛杉矶国际机场,一位头发花白的东方女人引起了所有乘客的注意。

她挎着黑色的背包,背包上贴有一张用透明胶带层层缠绕的醒目的A4纸,上面用中文写着"徐莺瑞"三个字。

这些从萨尔瓦多飞到洛杉矶的乘客,几乎都是拉丁美洲人,他们根本不懂中文。这位衣着朴素的东方女人在等待了许久后,终于开始在人群中用蹩脚的普通话挨个询问:"请问你会说中文吗?请问你会说中文吗?"

临近午夜12点,她终于找到了救星。一位黑头发的男人驻足她的身前,低头端详她手里的纸条:"我要在洛杉矶出境,有朋友在外接我。"

其实,在这张揉得皱烂的纸条上,还有另外两行中文,每行中文下面都用荧光笔打了横线,方便阅读。

第一行中文:"我要到哥斯达黎加看女儿,请问是在这里转机吗?"下面,是两行稍微细小的文字,分别是英语和西班牙语。

第二行中文:"我要去领行李,能不能带我去?谢谢!"接着,同样又是英文和西班牙语的翻译。

原来,她的女儿在十年前随女婿移民到了哥斯达黎加。如今刚生完

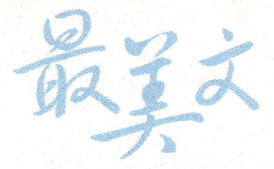

第二胎，身子虚弱至极。女人思女心切，硬要从台湾过来看她，帮她坐月子。女儿执拗不过，便在越洋信件中夹带了一堆纸条。

如今，她已帮女儿坐完月子，原本女儿要陪她到洛杉矶机场，结果却因买不到机票而作罢。女儿为了让她有安身之处，特意请求远在洛杉矶的朋友帮忙。为了方便相认，女人便在背包上缠裹了醒目的A4纸。

很多人都以为，这不过是一个简单的行程。可深知航班内情的那位黑发男人，却不禁被这简单的描述感动得热泪涟涟。

从台南出发，要如何才能到达哥斯达黎加呢？

首先得从台南飞至桃园机场，接着搭乘足足十二小时的班机，从台北飞往美国。再次，从美国飞五个多小时到达中美洲的转运中心——萨尔瓦多，然后才能从萨尔瓦多乘机飞至目的地，哥斯达黎加。

她曾在拥挤的异国人群中狂奔摔倒，曾在午夜机场冰冷的座椅上蜷缩入睡，也曾在恍惚的人流中举着救命的纸条卑躬屈膝……这一切的一切，不过只是想亲眼看看自己的女儿。

这是一位真实而又平凡的中国母亲，她来自台湾，名叫蔡莺妹，67岁。生平第一次出国，不会说英文，不会说西班牙语。为了自己的女儿，独自一人飞行整整三天，从台南到哥斯达黎加，无惧这三万六千公里的艰难险阻与关山重重。

她让我们看到了一位母亲因爱而萌发的勇气，这种匿藏在母性情怀中的勇气，从始至终都不会因距离和时间而改变心中的方向。

（原载《私人坊》2011年第4期）

记忆里的母亲总是那么孱弱，身体不好，胃口不好，睡眠不好。每想起一次就心疼一次，那个固执的女人，总是在爱我们的时候拼尽全力！

岁暮至家

文 / 纳兰泽芸

孝子之养也，乐其心，不违其志。

——《礼记》

乾隆十一年，也就是公元1746年的岁暮，清朝有个名叫蒋士铨的诗人，他对他的老母亲撒了一个谎。

这个谎在时隔268年后的今天，打动了我的心。

1746年快要过年了的时候，在外忙了一年的诗人蒋士铨，起程回老家去过年。他想他的老母亲了，不知母亲是否一切都好。

蒋士铨一路风雨兼程，赶了好多天的路，在一个薄暮四合的冬日黄昏，他风尘仆仆地赶到了家。

他的老母亲蓦地见到了日思夜想的儿子，开心坏了，高兴得一晚上都睡不着觉，翻来覆去间，不知不觉天就亮了。

天亮后，母亲把刚刚做好的寒衣拿出来给蒋士铨看，说："儿啊，这冬衣娘正准备寄给你呢，还有这封家信，都还没来得及寄。"

蒋士铨触摸着寒衣上那密密麻麻的针线，还有家信上崭新的墨痕，对母亲说："娘，您眼神不好了，做这些，得费多少心思啊。"

母亲轻轻抚摸着儿子的脸颊，心疼地说："娘没事，娘还看得见，儿啊，你怎么又瘦了呢？在外是不是过得很辛苦啊？"

母亲一句话,勾起他内心无限的委屈与酸辛——世道艰难,人心难测,一言难尽啊!

可是自己,这么些年漂泊在外,根本没有尽到做为人子的孝心与责任,觉得愧疚难当。这些年在外受的那些苦辛,怎敢对母亲讲啊,讲了她只会更加担心儿子。

他努力在脸上挤出灿烂的笑容,朗声道:"娘,没有啊,我哪有瘦啊,我今年还长胖了好几斤呢!"

他还拍了拍自己的肚子,虚张声势地叫:"娘,你看这肚子,去年的衣裳都紧了呢!我在外头吃得好,穿得好,住得好,一切都好着呢!放心啊娘!"

这个谎撒完,他把母亲瘦削的肩膀揽进怀里,百感交集……

268年后的今夜,孩子们都睡了,身为人母的我,读到这没有丝毫矫饰的4个字"岁暮至家",读到这个对慈母的"谎言",不由得同他一样的百感交集:

爱子心无尽,归家喜及辰。
寒衣针线密,家信墨痕新。
见面怜清瘦,呼儿问苦辛。
低徊愧人子,不敢怨风尘。

(原载《语文报》2014年第8期)

无论我们走到哪里,母亲始终都日夜不安的牵挂着,我们吃得好吗,穿得好吗,过得好吗?所以在外的好多日子,我们都发现,每次报喜不报忧,每一个善意的小谎言,都会令母亲不安的心趋向安稳。所以,你学会爱一个人了吗?

给你人间寻常爱

文 / 郭利

母亲的低语总是甜蜜的。

——英国谚语

一天，12岁的儿子放学回家，忽然问我："妈妈，假如，假如啊，你别当真，我说的是假如。"

我看他如此郑重，便有些好奇，说："我知道你是假如，假如怎么样？"

"假如，我被很严重地烧伤了，需要植皮……"

我打断孩子的话，当即接口："妈妈自然给你我自己的皮肤。"

孩子摇头："我当然知道你会给我，可我说的不是这个。你听我说，植皮手术只能在人清醒的时候才能进行，如果供皮人昏死或者麻醉都没有效果。而植皮的痛苦是常人没法忍耐的，不可能不痛昏过去。如果是这样，你怎么选择？"

我说我当然选择不打麻药。

儿子说："那你就会昏死过去了，植皮也是没用的。"

我说："那，那可怎么办呢？"

"告诉你吧，有个妈妈可伟大了，她选择了不打麻药，并且要求每一次自己痛昏过去就让医生把她唤醒。一次又一次，最后终于把新鲜的皮植入

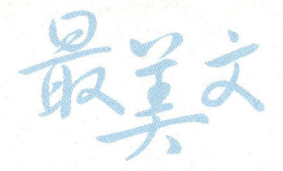

孩子的皮肤。"

听了孩子讲的故事，我不禁心怀惴惴：我怎么就没有想起这样的办法，难道面对那样的生死考验，我会退缩吗？这故事一直牵牵缠绕在我的心间，为自己母爱的不够而惭愧。

时隔不久放暑假，儿子的父亲邀他去南方他那里。一个月之后回来，他对我们朴素的家便是百般挑剔。他满怀羡慕喋喋不休地跟我说起父亲的大房子和漂亮的车，以及在父亲家中过的随意而奢侈的生活。然后仰头问我："你不是总说最爱我吗？可为什么舍不得给我花钱？你为什么不能让我过像妹妹那样的生活呢？"

本来欢喜的我顿时沉默了，内心百般惶惑痛苦，眼泪随即涨满眼眶。单亲十年，独自带着孩子那份艰辛困苦无法对人言，原以为孩子会懂得，哪料到糖衣炮弹是如此厉害，一个月便摧毁了十年的岁月。

面对孩子，我竟不知如何回答，忽然又想起那个伟大妈妈的故事，刹那间心地洞明。

我认真地对孩子说："妈妈是普通女子，没有能力挣更多的钱让你过上更好的生活。并且假如你遇到类似需要植皮的生死考验，我也很可能想不出做不到那样伟大的行为。我能够给予你的不过是人间最寻常最普通的爱，在你哭泣时会立刻把你抱起，你需要的时候会耐心地陪你游戏，把我全部的时间和精力都给你，看着你每一天的成长。如果你觉得这些爱抵不过物质金钱，妈妈尊重你的选择，你可以去你爸爸那边生活。"

儿子愣住了，然后望着我说："不，我要和妈妈在一起，没有妈妈在身边，那样的生活我不会羡慕。我也不期待什么生死考验，只要妈妈每天给我的那些寻常的爱。"

是啊，我们都是普通人，无法用千金宝马赢得心爱之人的展颜一笑；

我们也遭遇不到考验生死的机会,无法那样演绎荡气回肠的故事。于是,在那些平淡琐碎的日子里,我们能够给予最爱的人的也不过就是那人间最寻常的爱。那一蔬一饭,一言一语,一寸寸光阴,是我们能够付出的最卑微也是最宝贵的爱。

(原载《读者》2014年第1期)

> 不是每一对母子或者亲人,都会面临万难的生死时刻,也不是每个人都可以有机会做这些感天动地的大爱。可是,我们的每一天,不是都生活在爱的海洋里吗?我们用具体细微的小事,来默默地为对方抵挡严寒。我们就是这样爱的!

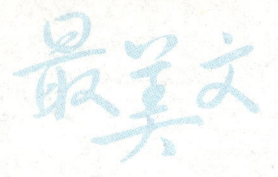

50美分的厚爱

文 / 庞启帆编译

只要还有能力帮助别人，就没有权利袖手旁观。

——罗曼·罗兰

1953年12月25日，因为尼卡路莎·丹路卡斯捐赠的50美分，103名贫穷的墨西哥人度过了一个快乐而温暖的圣诞节。

尼卡路莎，是洛杉矶帕拉莎社区活动中心一名身份卑微的女清洁工。她不会说英语，每月的薪金只有90美元。一个夏日，社区活动中心的牧师尼古拉斯·达维拉用西班牙语告诉她，她将实现一个智者的寓言，并且许多好事会随之而来。然后牧师把50美分放到了她的手上。

"这不仅仅是50美分，"牧师说，"用得其所，它将会成倍增加。"

尼卡路莎看着放在她粗糙的手上的硬币，思考着这个寓言。几分钟后，她的脸上露出了笑容。

几天后，尼卡路莎来到教堂，交给牧师17.5美元。

"我想将这些钱捐给社区活动中心做活动经费。"她说，然后她向牧师解释了她是如何使用那50美分的。她买了奶酪和玉米粉薄烙饼，然后用这些材料做成辣椒肉馅玉米卷饼（一种墨西哥菜）卖给邻居。在得到邻居的好评后，她的信心大增，到今天为止她已经赚了35美元。她将其中的一半捐给社区，而另一半用来下班后做更多的辣椒肉馅玉米卷饼。

"这就是那个寓言的意思,是不是这样?"她问道,然后回去继续她的工作。

一周后,尼卡路莎把一个存折给牧师看,她通过卖辣椒肉馅玉米卷饼已经赚了100美元。但她挣这些钱并不是给自己花,她知道墨西哥有很多穷人,所以她写信给她的弟弟,让他提供他们家乡纳之斯达林镇的33名孤儿的名字以及圣路易斯镇的33名孤儿的名字。她还写信给在墨西哥的另一个弟弟让他提供33名独身或者饥寒交迫的老人的名字。

圣诞节的早上,66名孤儿和33名老人同时收到了一个身份卑微的女清洁工送给他们的礼物,虽然只有小小的50美分,但他们感受到了从未有过的温暖。每个人都说,那是他们收到过的最好的圣诞礼物。那天,墨西哥监狱的四名囚犯也收到了尼卡路莎送给他们的礼物。

当尼卡路莎把他的计划告诉牧师时,牧师问:"为什么两个镇各是33名孤儿,为什么选择的老人的数量又是33名?"

"因为那是耶稣活在这个世上的年龄,"她说,"我想说:'生日快乐,宝宝耶稣'。"

(原载《读者》2014年第17期)

每个人的爱都是有限的,但并不代表这些爱不重要,不值得提倡。即使微笑也是爱,也会给别人带去温暖和生活的希望。请奉献你的爱心吧,让爱汇聚成海洋!

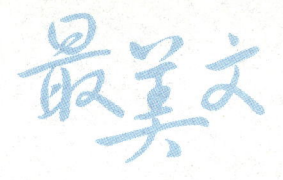

别吵,让父亲睡一会儿

文/汤小小

  爱别人,也被别人爱,这就是一切,这就是宇宙的法则。为了爱,我们才存在。有爱慰藉的人,无惧于任何事物、任何人。

——法·彭沙尔

  那次回老家,在候车室里,我坐在一老一少两个男人的对面,无意中,听到他们的谈话。

  年轻男子说:"爸,别担心,医生说了,没事儿,这病能治。"

  原来是一对父子,看他们身边的包里放着一些药物,大概父亲生了病,儿子带着他到城里的大医院诊治,这是要往家赶呢。

  我不仅心生同情,多看了那父亲一眼。父亲年龄并不太大,五十岁左右的样子,只是脸色蜡黄,非常清瘦,看上去很虚弱。他穿着一件略显大的白衬衫,崭新的,与他黝黑的皮肤不太相称,大概是为了进城而新买的吧。旁边的儿子穿着挺讲究,看样子,应该在城里生了根发了芽。

  听了儿子的话,父亲摇了摇头,低声说:"我就说不来看,你偏让来,白花冤枉钱。自己身上的病自己清楚,你们现在都出息了,我也没啥牵挂的,就希望走得利索点,别拖累你们。"

  儿子没接腔,转过脸,有泪悄悄地滑落。他赶紧抬手擦掉,不让父亲看见。

我的心忽然有一点疼，看来，父亲的病并不像儿子说得那样轻松，或许，生离死别的悲伤已经在彼此心里漫延。

两个人都没再说话，过了许久，父亲似乎累了，身体不由自主地靠在了儿子肩上。双目紧闭，看样子，已经进入了梦乡。

候车室里人来人往，嘈杂不堪，并不是睡觉的地方。儿子一手扶着父亲的腰，一只手轻轻地覆在父亲的耳朵上，试图为他抵挡一些噪音。

我本来想拿出手机给家人打个电话，但看到睡着的父亲，又轻轻地把它装进了口袋里。

只见儿子像一个放哨的战士，身体保持不动，眼睛却紧张地看向每一个从他们身边经过的人，目光里写满了企求，似乎在说：嘘，别吵，让父亲睡一会儿。

同样的情景，我在一家医院也遇到过。

那是一位八十岁的父亲，在两个女儿的搀扶下，到医院来体检。父亲已经老态龙钟，拄着根拐杖，目光呆滞。女儿扶他走他便走，女儿扶他坐他便坐，像一个听话的孩子。

看着别人投去的异样目光，女儿解释说："父亲年龄大了，又有老年痴呆，生活不能自理。即使父亲不认识我们，只要他健健康康地活着，我们也觉得是种安慰。"

女儿说话时，父亲一直看着她，显然，他对孩子们极度依赖，就像孩子们小时候依赖他一样。

等待无聊而又漫长，在长椅上坐了一会儿，父亲似乎累了，身体一斜，便倒在女儿的肩头睡着了。

医院里并不太安静，女儿搂着父亲，不敢挪动身体。另一个女儿赶紧将一件外套披在父亲身上，刻意往上面拉了拉，盖住父亲的耳朵。

看着这一幕，所有的人都压低了声音，连医生也放轻了脚步。

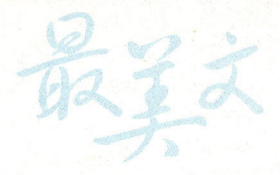

　　我忽然感觉双眼酸涩，无论在嘈杂的候车室，还是在拥挤的火车上，亦或在排成长龙的医院里，从来都是孩子靠在父亲的肩头休息，什么时候，我们看到过年轻力壮的父亲在公众场合安心小憩？父亲从来都担当着保护者的角色，只有当他们病了，老了，再也无力保护孩子时，才会心无旁骛地小睡一会儿，缓解满身的疲惫。

　　当我们看见一位父亲靠在儿女的肩头睡觉，那一定是因为，他在这个世界的时日已经不多。所以，无论在什么地方，无论在什么时候，当你看到一位睡着的父亲，一定不要吵，不要吵，让父亲安安静静地，多睡一会儿。

（原载《微型小说月报》（原创版）2014 年第 9 期）

　　父亲总是默默地为家庭付出，不言回报。偶尔累了的时候，需要肩膀靠着的时候，需要静静休息的时候，我们做儿女的应当为父亲给予肩膀和安静。嘘，别吵……

蔓延在青春里的小时光

文 / 眷尔

慈父之爱子，非为报也。

——淮南子

我的爸爸是邮递员，在我八岁的时候，一有空就会坐在那辆骑上去偶尔会嘎吱嘎吱叫的邮递员专用车上，跟着爸爸挨家挨户满面春风地送报纸，然后我总是逆着风依偎在爸爸的胸口上尖叫着"超爽"。

夏天的时候，爸爸会出很多汗，他的白衬衫每天回家都会很脏，可是他的衬衫上却总是有着一种我觉得特别好闻而且独一无二的味道，我一直觉得这个是叫做爸爸的味道。

我有些时候会问爸爸："爸爸，邮递员很累吗？"

爸爸会刮着我的鼻子，笑着说："一点都不累啊，邮递员这个职业最自由了，你看爸爸，所有的路都认识呢……下次带着我们家朵朵出去玩的时候也不会迷路啊。"

我昂着头，我觉得爸爸是天底下最帅的男人。

可是，时间是打磨一切的催化剂，在我十四岁的时候，我和我的爸爸便很少说话了，甚至也很少在一起了。自然的，我的爸爸也不再做邮递员了。

十四岁的我，觉得这个城市好像都在变，爸爸变得对我冷言冷语，家庭给我的是越来越少的爱。可是当我出门一看，又发觉这个城市好像并没有在变，依然是高耸的建筑，还有我八岁时看到的商店如今仍然人气旺盛着。我不知所措地站在原地，一站就可以是一个小时。

我会去邮局打零工，虽然爸爸说我没必要，可是我还是去了。

其实，我不是为了做一个小小邮递员可以赚钱而去做，我只是想感受一下，感受当初爸爸如此开心、连对着天笑都是一抹满足的快乐感觉。因为如今，我已经感受不到成天笑嘻嘻的爸爸了，他已经再也不是以前那个可以载我四处玩的……以前的邮递员爸爸了。

在我升上初二的时候，我的妈妈去世了，是恶性肿瘤。

恶性肿瘤，这并不是个陌生的词。可是，在我幼小的心灵世界，这好像是一个最可怕的恶魔，因为它夺走了我妈妈的生命。当医生沉重地对着一脸面容苍白的爸爸说"我们已经尽力"的时候，我看见爸爸傻愣地站在原地，一动也不动。

然后我就不顾一切地扑到妈妈的病床边，我看着她的泪一滴滴地流下来，看着她绝望的眼睛微微地睁着，看着她用苍白而颤抖的手抚摸着我的脸。我哭得梨花带雨，心里痛得就好像是拿把刀把自己捅上千万次一样。

那个时候，我的爸爸已经不是邮递员了。

据他说，是因为当时他正骑着邮递员车送报纸的时候，救起了一位已经破产绝望地想要跳河的老板。他的善良和勇敢深深地让老板记住了他，后来，老板东山再起，便请他一起经营公司。于是，我的爸爸就从一个小小的邮递员荣升成为人事部总监。

可是，我的妈妈在爸爸刚刚上任的那个月里，永远地闭上了眼睛。

后来，医生和我爸爸说，这种类型的癌症遗传的可能性极大，说完还若有所思地看了看我，摇了摇头。爸爸没有太大的情绪波动，只是在妈妈握紧我的手颤抖的最后一刻，我扭头看到他的眼睛已经肿胀得通红。

在学校，我是班级里的佼佼者，是老师心目中的好同学。可是，自从我的妈妈死后，我便对任何事情都提不起兴趣。

有一次家访，老师质问着喝得醉醺醺的爸爸："夏朵朵的爸爸，你怎么能不务正业？对，夏朵朵的妈妈是死了，但不是还有夏朵朵吗？"我看见老师由于激动，不停地喘气，"你应该打起精神为夏朵朵的未来想想吧！"

"你说，我想要什么？"爸爸眯着眼睛，恶狠狠地把酒瓶摔在了地上，玻璃碎片的声音清脆得让人心疼，"医生说夏朵朵也会得这个癌症，她也会死，我还能做什么？"

突然之间，我的脑袋"嗡"的一下，当我亲耳听到自己也会像母亲一样还没有活到40岁就死了的话时，我的泪水在一瞬间就不争气地落了下来。

一个月后的今天，当我慢慢地从悲痛中走出来的时候，我看到我们家的鞋柜里有另外女人的鞋子。我的爸爸坐在客厅里，望着坐在对面的漂亮阿姨。

"朵朵，你回来啦？"爸爸开口说道，"来，家里来客人了，快叫曼宁阿姨……"

如同电视剧里的狗血剧情，我机灵地反应过来，这个阿姨就是想成为我的后妈。

"我不叫。"我站在很远的距离外，自从妈妈死后，爸爸变得暴力了不少。

"为什么不叫？"爸爸一边对着那个漂亮阿姨赔礼道歉，一边朝我狠狠地瞪了一眼，"你回你自己的房间去吧……"

我没有听爸爸的话，第一次，我狠狠地摔门出去，声音响亮得连隔壁邻居都八卦地窜出脑袋看我，我听见爸爸在后面大声地喊："朵朵，你回来啊，你要去哪里啊？"

我恨我的爸爸，我的妈妈才死一个月，他竟然就把别的女人往家里带，那妈妈该怎么办？妈妈要是在天上知道了，她会伤心得死不瞑目。

我哭哭啼啼地走到一个大公园，天空很暗，像要下雨的样子。我嘟着嘴，抽噎着坐在亭子里，我想我的爸爸现在一定还和那个阿姨谈笑风生吧。

我真的无法接受，我很讨厌我爸爸这样的做法，他怎么可以这样对我的妈妈，难道他真的绝情寡义，连我……都不要了吗？

天空像是有了回应一样，突然之间，雷声震破耳膜，闪电的光让我直打哆嗦。我蜷缩着膝盖，蹲在亭子里，倾盆大雨瞬间降了下来。

我难过地大喊爸爸，可是空荡荡的大公园里，只有路过的急匆匆往家赶的行人朝我瞥了两眼，再无其他。

我绝望地看着远方，大雨已经把我的头发和衣服淋了个透，我看见远远地有个人影晃动，他的背影很熟悉，可是却不是那么强壮，有一些轻微的驼背。是爸爸吗？是我的爸爸吗？

只见他慌张地四处寻找着什么，打着伞的他只穿着家里的睡衣睡裤，还有拖鞋，大雨几乎把他给淋透了。

"爸爸……我在这里！"我大声叫着，我看见爸爸的目光突然间转了过来，他站在远处停下了步子，突然间，甩掉了伞，朝我这里直跑过来。

"朵朵，你急死我了……"爸爸抱紧着我，他的泪水打在了我的手臂上，"我们回家……"

"我不要。"

"为什么？难道你不要爸爸了吗？"

"因为爸爸要那个阿姨,爸爸不要妈妈了……"我哭了起来。

爸爸一瞬间沉默了,他牵着我的手,好像突然明白了什么一样,他温和地笑:"朵朵,我们先回家,爸爸再把真相告诉你。"

这是爸爸升职为总监后我们第一次心平气和地坐下来谈话,我一直觉得自从爸爸升为总监后,他变了很多,他不再阳光开朗地笑,他不再带我出去遛弯儿,他一直说他忙让我体谅。可是我该如何去体谅?难道要我去体谅一个母亲死后没多久就带另一个女人回家的男人吗?

更难过的是,一个再忙的爸爸,连自己女儿今天生日都忘记了还要自己女儿体谅吗?

哦,我其实忘了说,今天是我的生日。

"其实,朵朵,那个阿姨不是你想的那样……她不是你的后妈。"爸爸的眼神有些游离,"她是我请来……给你治病的医生……"

我瞪大了眼睛,牙齿紧紧咬住了嘴唇。

"医生说你妈妈得的癌症类型是最具遗传性的,碰巧那天我陪老板谈生意遇到了她,她说,什么病都必须从小预防,所以我就打算带她来看看你的病情……"

我恍然大悟,我误会爸爸了。

"朵朵,爸爸只有你这么一个女儿,爸爸已经失去你妈妈了,真的……真的不想再失去你了……"我看见爸爸在我的面前,就像是一个受伤的小孩,他哭得很悲伤,好似要把这些天压抑在心里的所有无奈和难过都哭出来。

"爸爸,对不起,我误会你了。"我握紧着爸爸的手,难过地哽咽了起来,"爸爸,以后我什么都听你的……"

"朵朵,我的心肝女儿,求你别离开爸爸,求你了……好吗?"爸爸红

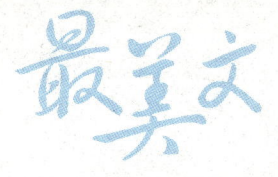

着眼睛，他的眼眶里还溢满着泪水，但我们的手却紧紧地握在一起。

我使劲地点了点头。

"朵朵，爸爸忘了一件事。"爸爸从身后拿出了一个精美的纸袋子，"来，祝你生日快乐。"

"爸爸……"我的脸突然之间热了一片。

爸爸是记得我的生日的，你看，他还给我买了生日礼物呢！我笑得灿烂如花，恍然大悟：有种爱，是默默地付出，不求回报。

好似父爱。

自那开始，我便休学住院了，因为医生发现我的脑袋里好似有一样异物，推测是肿瘤。爸爸听到以后，皱紧着眉头，悲伤好像逆流进了心脏。

"爸爸，别担心啦，我会积极治疗的……"我笑得很开心，"爸爸，你得相信现在的医疗技术啊！"

爸爸咬紧着嘴唇，点了点头。在护士推我去治疗室的时候，我挥手对爸爸说着一会儿见，我看见爸爸紧握着拳头，指甲就好像要掐进肉里一样。我的心里顿时泛滥出一阵悲凉，就好像是喜欢了很久很久的一首歌曲，某天在无意间突然听到这首歌的演唱者已经不在人世一样的感觉，心一下子凉得透彻。

后来我问爸爸，为什么爸爸以前做邮递员那么开心？

爸爸的嘴角抹上了弧度，他骄傲地说，正因为他是邮递员，所以在送信的路上遇见了迷路的妈妈。他让妈妈坐在他的自行车上，把妈妈带到了她要去的地方。后来，他有次送信送到了妈妈家，他们便慢慢地陷入了爱情之河，最后便有了我。

当爸爸把这些都说给我听的时候，我看到的，便只有他满满当当对妈妈的思念和爱。我想，妈妈在天上一定会开心的，因为，他爱我的妈妈。

他说，如果妈妈没有去世的话，让他做一辈子的邮递员，他都觉得开心。

我突然很释怀地笑了，原来，从头到尾，都只是我误会了我的爸爸。误会是他的工作让他疏远我了，误会他已经不爱我和妈妈了，误会他要给我找后妈而不记得我的生日了……

这个时候，火红的夕阳余晖从窗户里折射进来打在了我们的脸上，我看见了爸爸脸上的泪痕，满心地感慨万千："爸爸，我真的好爱你！"

（原载《意林12+》2011年第6期）

年少的时候，我们总是会自以为是地犯傻，固执地误会父母以至于伤害到彼此。可是后来我们总会明白，父亲永远是家里的顶梁柱，也总是不愿说"爱"的那一个。

六千步的长度

文/杨宝妹

爱就是充实了的生命，正如盛满了酒的酒杯。

——泰戈尔

重庆西南边陲之地有一座鲜为人知的千年古镇——江津中山镇，立于此镇往南30公里，便可亲触云贵两省的交汇之林。几年前的中秋，一支户外旅行探险队曾在无意中走到了这里。

前方已没有继续行进的山路，目及之处，皆是绵延不绝的莽莽苍山。此刻，他们已经徒步了整整两天两夜。

没有腾升的炊烟，亦没有登山采药的农人。无奈之下，他们只得做出沿路返回的决定。正当众人转身欲离开之时，一位手握望远镜的小伙儿忽然发出了兴奋的声音："看哪！对面山上竟然有条路！"

路是人走出来的，此地乃是人迹罕至的原始森林，怎么可能会有拾级而上的路？

这条来历不明的路，成了众人心中的导航灯。他们顺着这条布满新鲜凿痕的路，缓缓而上，足足两个小时才抵达山顶。

眼前的景象惊呆了这支户外探险队的所有成员。在云雾缭绕，清风拂面的山顶，不但有成片的蔬菜和茁壮玉米，更有《桃花源记》中的屋舍俨然。

顷刻，身着老式蓝布衫的一男一女背着柴火从山林中走了出来。探险队的成员不禁被眼前的情形所吸引，便从包里掏出相机，眯着眼睛，咔嚓一声，照了张相。谁知，这个看似平凡无奇的举动，竟把女人吓得惊慌失措，一个箭步躲在男人身后，再不肯出来。

没人知道，在这片云蒸霞蔚的森林中，竟隐藏着一段长达56年的惊天动地的爱情传说。

他叫刘国江，第一次见她的时候，他尚且是个不谙世事的孩子；而她，却已为人妻。当地有种风俗，换牙的孩子，如果能得到新娘的抚摸，那么，日后长出的新牙势必洁白整齐。

母亲抱着他去了，他啊啊地张着嘴巴，等待她的抚摸。他被大红的花轿吸引住了，全然没有注意到持续下落的口水。母亲拍拍他的后背，他猛然回过神儿来，在闭上嘴巴的同时，也狠狠咬住了她的手指。

所有人都笑了，他记住了她的名字，徐朝清。

十几年后，丈夫病逝，她成了身系四儿的苦命寡妇。他毅然不顾家人的反对，誓要娶他为妻。但在那个思想保守的年代，没人能够接受一个年轻强壮的小伙儿与年长其十岁的寡妇结合。

村里流言四起，那些恶毒的话，直到今日，他仍然记得一清二楚。

为了躲避红尘纷扰，在一个下着清幽细雨的夜里，他勇敢地牵起她的手私奔了。

从此，他们的世界里只有孩子与荒坡，只有流云与山峦，只有六千万年前的褐色丹霞地貌与侏罗纪时代的桫椤树。

她越发想家了。她对他说，想回家看看，毕竟来世一遭，不论如何，皆不可六亲不认。可她已不复当年的矫健女儿身，为了圆她这个日渐苦涩的梦想，他决定为她修一条回家的路。

她得照看年幼的孩子，兼顾家务，没人能够帮他。因此，开山凿石的重担，全落在了他一人身上。一个人要修完一座高山的石梯，而手边却没有任何现代化的工具，只能依靠最原始的铁锹和铁凿——这项庞大工程的

难度，丝毫不亚于精卫填海。

从此，他早出晚归地开山修路，累得几乎瘫倒在地。他从没想过放弃，尽管争分夺秒地干了一年，也只能敲出百米之距。

他记得，他修第一级台阶的时候，尚且是个黑发健齿浑身蓄力的小伙子。敲着敲着，头发就白了，再敲着敲着，牙也掉光了。

时光荏苒，五十年的岁月悄然而去。终于有一天，他发现梦中的路，竟在不知不觉中修成了。为了送她一条回家的路，他把铁锹凿烂了23根，铁镐刨坏了45把。

林中多雨，山路易滑，他怕她在回家的途中摔跤，因此，在沿路的峭壁上凿出了许多扶手，好让妻子在行走的时候能有所依靠。

我想，世间没有任何语言能够形容，当他第一次牵着她的手走下这条用尽一生为她修的山路时，那些在她心中澎湃不息的心疼和感动。

没过几年，他去世了。临终前，他左手握着生前修路用过的铁镐，右手紧紧抓住她的手。成年的孩子们都哭了，因为不论如何努力，都拉不开母亲执著的双手。

这六千步的长度究竟给我们带来了什么？是一座耸立在浮华时代天地之间的爱情丰碑呢？还是为我们真实地丈量了一位平凡男人如何从健硕青年走到蹒跚白发的苍茫？

（原载《语文报》2015年第33期）

情不知所起，而一往情深。世间伟大的爱，大都是这般替对方着想，固执而又痴傻。所有赞美的语言都是苍白的，就像如鲠在喉无语凝噎一样。

这一生，只为爱而活

文 / 马朝兰

一个人有再大的权力、再多的财富、再高的智慧，如果没有学会去关怀别人、去爱别人，那他的生命还有多少意义呢？

——温世仁

1935年，她尚且在襁褓里嗷嗷待哺，母亲就改嫁去了台湾。此后，再未归来，那时，她刚满2岁。

14年后，不满封建婚姻束缚的她，独自离家，去了灯火辉煌的大上海。

25岁那年，她无意中结识了一位名叫张林的小伙儿，并很快确定了恋爱关系。为了躲开家庭的重重阻挠，成全这一段来之不易的爱情，她和张林一同逃到青海，开了一家小小的电器维修部。

一年后，她怀孕了，她像所有母亲一样，满心喜悦地等待孩子降临人世。可一次不幸的意外，残忍地割断了她和腹中骨肉的缘分。两个月后，她再度怀孕，可却再度流产。医生说，这可能是由高原反应引起的惯性流产。

为了能有一个健康可爱的孩子，他们不远千里从青海搬到了河南郑州。可命运并没有因此发生改变，在郑州的平原大地上，她依旧多次

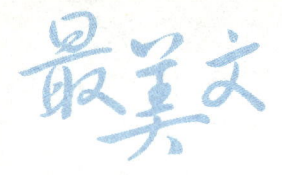

流产。

她先后去了 30 多家专业医院，吃了上百种民间偏方，均无补于事。经历了 10 次流产事件之后，她已然步入中年。高龄产妇所要面临的危险仍然无法泯灭她想要成为母亲的渴望。

第 11 次怀孕，她每日虔诚祷告，并耐心等待着命运的裁决。这次，胎儿在母体里竟安然无恙地渡过了 10 个月！

女儿降临人世的一瞬间，那些在她心间盘踞了多年的泪水和苦难顷刻崩塌。她暗暗在心中发誓，一定要给女儿最美好的生活和最完整的母爱。

于是，在女儿出生后的第二年，她义无反顾地打开了经商的门路。从广东沿海等地区大量批发收音机，的确良衣裤等紧俏物品，而后再到西安，郑州等内陆城市迅猛售出。

7 年后，她独自一人在上海积累起了千万资产。当时，她的公司已经拓展到浙江绍兴，河南郑州，四川南充等地，业务往来更是遍布大江南北诸多省市。

1985 年，正当事业蒸蒸日上，发展得如日中天时，法院却以走私倒卖等罪名将她毫不留情地逮捕押狱。一夜之间，她从身家千万风光无限的公司总裁沦落为暗无天日一文不值的死刑犯。

在狱警的帮助下，她很快提出了上诉，但最终结果，也只是把她的死刑变成了死缓。

1987 年，丈夫带女儿到上海的提篮桥监狱看她。

"孩子，妈妈做错了事，你恨妈妈吗？"孩子一面摇头，一面苦苦追问："妈妈，你到底什么时候能回来？什么时候能走出这铁网？"女儿那双迫切而又充满希望的眼睛使她无言以对。最后，狱警替她撒了一个善意的谎言："你妈妈 5 年之后就能出去。"

这句话，忽然点亮了女儿的笑脸："妈妈，妈妈，我等您 5 年，我每周都给您写信。您要是闷得慌，就看我给您写的信。"

冬去春来，在她精神极度虚弱，临近崩溃的时候，丈夫和保姆毅然不顾她与女儿的死活，卷着仅剩的家产私奔去了安徽。不久，便向尚在牢狱中挣扎无助的她提出了离婚。

生命再度将她的悲惨遭遇推至风口浪尖，但她并没有因此堕落，或者自寻短见。反而，她更加坚定了努力减刑出狱重来的信念。她知道，她不能死，她还有一个天真可爱的女儿等她回家。

由于表现异常出色，刑期从死缓变成无期，再从无期变成18年有期。她多想把这个消息告诉女儿，可她不能，对于女儿来说，18年，到底是一个怎样漫长的概念？

女儿只身再来看她的时候，忍不住嚎啕大哭："妈妈，妈妈，您究竟什么时候出来？您还要多长时间？我已经等您5年了……"她抹去眼中的热泪，坚定地告诉孩子："5年，你再等妈妈5年，妈妈一定出来陪你！"

因为这句话，女儿又开始了另一个5年的等待。女儿总共给她写了170封信，那170封信她都完整地保留着。它们像一团不熄的烈火，在狱中给了她无限的力量。

1997年，她再度获得减刑，喜极而泣之后，她决定将实情告诉女儿。可命运的轮盘又在这一天和她开了一个巨大的玩笑。

收到喜报的女儿为了庆祝，邀一帮朋友去伯父家里跳迪斯科，并由此和伯父发生了激烈的争执。女儿自尊心受到了极大的伤害，她哭着跟伯父说："等我妈妈出来，我一定让她告诉您，迪斯科不是乱七八糟的东西！"

"实话告诉你，你妈妈出不来了！你妈妈是无期徒刑！"伯父的这句话，犹如一串冰寒的子弹，彻底击碎了女儿心里所有的堡垒。

16岁生日那天，女儿以为此生再也见不到母亲，悲绝地自杀了。她在狱中得知消息后，顿时眼前天昏地暗。

狱警把女儿生前的遗书给她，上面赫然写着："妈妈，我错了，真的对不起您……假如有一天您能出来，尽量做点对社会有益的事情吧，收留那

些寄人篱下，无家可归的老人。假如您不答应，我是不会瞑目的……"

女儿最后的愿望，使她一直坚持到了最后。出狱那天，她已74岁高龄。

这个年纪，很多人都已经放下一切工作，安享晚年。但她却没有就此停下，她知道，她尚未达成女儿的心愿。

4年后，78岁的她再度白手起家成为身家千万的富豪。她的梦想，就是为了建一座公益性的养老院。

这位传奇而又伟大的母亲名叫吴胜明，1933年出生，浙江嵊州人。这一生，她把所有的爱与信念都给了女儿，而她，也只为这份缘薄情浓的爱坚强地活着。

（原载《小品文选刊》2011年第3期）

人性因爱而伟大，也因爱而变得丰盛灿烂。爱一个人，就会执着地为对方拼尽全力，从而焕发强大的力量。最后成全了对方，也成就了自己。愿爱，使我们变得更好！

第二辑

让爱去爱

世上，并不是所有的爱，直接去爱就会有爱。如果你的爱曾经搁浅、曾经隐藏、曾经受伤，无法抵达，无法马上去爱。那么，就尝试找到另一种爱的方式吧：隔着爱，爱得更持久！

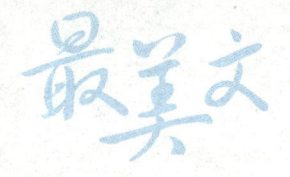

逃票的男孩

文 / 夏丹

不得乎亲，不可以为人；不顺乎亲，不可以为子。

——孟子

我所在的城市，依旧还保留着可敞窗外望的绿皮车。

当我第一天值班时，我就知道，这个硬挤上车、衣衫褴褛的小男孩，一定没有买票。可当我跟随列车长经过一列列车厢检票时，竟然没有看到他的身影。我心里顿时有些恍惚，很想知道，这个孩子此刻身在何处。

半小时后，我提着长长的扫帚清理走道。路至一半时，忽然从座位下蹦出一个活物。我定睛一看，这不就是那个消失了的小男孩吗？

我正欲讯问他，他倒抢先说话了："叔叔，我没买票，我没钱。要不这样吧，我帮你清理走道、拖地，你不要检我的票了，好吗？你放心，我一定不会给你添麻烦的。要是有人查票，我就躲到下面，不让你为难，好吗？"

说实话，在没有踏入这个行列之前，我心想，我绝对不会徇私。只要是在我的车厢，不管是谁无票乘车，我都会把他赶下去。可在那一刻，我却被他的真诚打动了。

我没说话，背着手走了。他说了声谢谢，便在我身后呼哧呼哧地干了起来。

后来，我发现他每个周末都会来搭车。他很怕见到我，总是在人群中躲闪，等到一有时机，便倏然消失在我的视线里了。

小站的检查并不严格，因此，导致中秋前夕有人携带鞭炮上车。当通红的烟头被扔弃到座位下面，烧着装有一大串鞭炮的口袋时，小男孩如狼狈的家犬一样瞬时腾越而出。

噼里啪啦的鞭炮声吓坏了车厢里的所有乘客，少女的尖叫，男人的怒吼，婴孩的惊啼，乱作一团。

我恍然蒙了。要知道，发生这样的事故，倘若燃烧起坐垫等物品，就算不伤到人，也意味着我将终生下岗。

小男孩脱下破旧的外套，双手撑开，以肚皮为后盾，重重地朝那串跳跃的鞭炮压去。

黝黑的肚皮下，一阵阵沉闷的声响，让我揪心。因为他的勇敢与善良，车厢里迅速恢复了平静。

我把他叫到我的办公室，想当面好好谢谢他。

我拉着他的手问："孩子，你为什么不坐汽车呢？这样，就方便多了。"

他苦笑道："叔叔，我坐过，但是不买票的话，司机一定会把你扔下来的。火车不一样啊，即便我没钱买票，只要上了车，就不用担心有人赶我。出站，我可以顺着铁道走，直到看见一条灰黄土路，穿过它，就是我家了。"

"你为什么不买票呢？到你每次所下的站，只需用两块钱啊！"片刻之后，我问了这个让我迷惑许久的问题。

他扳着手指在我眼前，边晃边说："叔叔你看啊，我妈妈起早割一背猪草大概可以卖七毛钱，两块钱的票，大约需要三背猪草。一背草至少得半

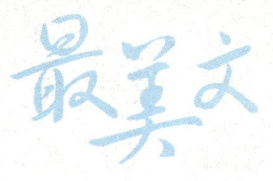

个小时,三背的话……"

对数字一向反应迟钝的我,这次竟被这些数字给感动了。

之后,我再没检过那个小男孩的车票。即便是列车长前来,我也会让他安安稳稳地躺在我的办公室里睡觉。因为我觉得,检出一张完整的车票,远远不如检出一位乘客的善良之心重要。

(原载《意林》(少年版)2009年第1期)

世间有了伟大的母爱,必然会有另一种爱跳出来与之回应,那就是孝心。百善孝为先,一个孝顺的人,一定是有大爱的人。不论现在的生活如何贫瘠,他终归会在某一天坚强并好起来!

总统的守身如玉

文 / 代孔胜

遵守诺言就像保卫你的荣誉一样。

——（法）巴尔扎克

若时光能退回到1819年的明媚之夏，我们定然会看到，28岁的他，经历百般磨难之后，终可与自己一生最心爱的女人订婚了。

他双眼含着热泪，牵着她修长的右手，在一棵无名树下许下了动人的誓言。他说："这一生，我非你不娶！"她笑笑，心里顿时溢出了无数张细密的小网，将困顿的心层层包裹。她坚信，这是可值得托付一生的男人。

婚前之恋是他一生里最为甜美的时光，他们不曾料到，这段本可暖却一生的爱情，竟会在短短的几日内恍然夭折。

那时，他是个贫困的律师。而她的父亲，在兰斯特开办了一家大型的炼钢厂，赫赫有名，身价百万。她是百万富翁的娇女，掌上明珠。于是，她的父母毫不犹豫地坚信，这个贫穷的律师一定是看上了自己的财富，想通过女儿来谋取自己想要的利益。不由分说，淡漠地取消了这门婚事。

她开始了以泪洗面的生活，并试图通过劝说的方式来让父母知道自己非他不嫁的心意，但均以失败告终。他绝望极了，整日浑浑噩噩地过着，似乎，生命已然到了尽头。

1819年12月2日，他们终于得以见面。可一向温柔懂事的她，竟然

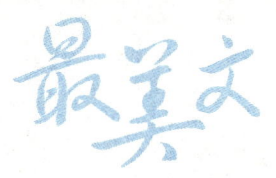

会忽然变得蛮横起来，他们莫名地小吵了一架。他不知道，那是她的良苦用心。她希望这样，他便能放开她，去追逐自己想要的幸福。

他丝毫不曾放却，每日都在小楼的不远处等待着她。他相信，有那么一天，他的父母会被感动，会明白他之所以爱上她，全然不是为了金钱。他想，他可以这么一直等下去，直到白头。

1819年12月9日，也就是他们别离后的一周。她在费城无故逝世，死因不明。有人说，她是吞服鸦片过量而死，也有人说，她是因情悲绝自杀。

他的生活顿时天崩地裂，他不知道要用何种方式来缓解自己内心深处缠绕不去的忧伤。百般无奈之下，他鼓足勇气给朋友写了一封啼血之信，信中如此说道："没有她，生活现在对我来说成了凄凉的空白。我的希望全被切断了，我觉得，我的幸福将和她一起葬进坟墓。"

为了表示他的真挚之情和无限哀思，他给她的父母写了封信，要求出席葬礼。但遗憾的是，这位身价百万的父亲不仅毫不领情地将原信退还，还把女儿的死因归结在了他的身上。于是，他在凄惘中发誓："既然她已死，我将终身不娶！"

为了治愈潜藏在内心的创伤，为了向她的父母证明自己的真心，他毅然放弃了律师的职业，涉足政坛，开始了艰难而又复杂的政斗生涯。不管怎样的苦楚，都不能让他消却心中的信念。他总相信，她一直在不远处审视着他，鼓舞着他。

他从州议员到国会议员，再到民主党保守派领袖，再到参议院对外关系委员会主席，先后出任俄国、英国公使，以及波尔顿任职总统期间的国务卿。他曾三次竞选美国总统，皆以失败告终。他始终不怨不弃，终于在第四次，也就是1857年如愿以偿，问鼎白宫。

此年，他已然66岁高龄，他用行动证明了自己能力的同时，也向她的父母作出了最好的答案。他用一生的光阴来表明了自己当日与她结为连理的初衷，以及对爱情的坚贞。

倘若女人为情守寡一世，可谓守身如玉，那么，他这悲凉的一生，又何尝不是？

这位痴情六十年的男子，乃是美国的第15届总统詹姆斯·布坎南。而这位让他魂牵至死，并为其走到政坛顶峰的女子，名叫安尼·科尔曼。

（原载《意林》（原创版）2009年第6期）

对于有些人，一个爱的承诺可能就像抽了一支烟一样简单，结果也无非就像那支烟一样消失无形。可对于有些人来说，一个承诺就是一辈子，守候一辈子，等待一辈子。你真正爱上过一个人吗？

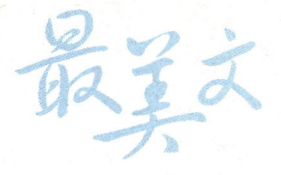

从中国后裔到菲律宾总统

文 / 马丽华

必须在奋斗中求生存，求发展。

——茅盾

  1933年的春日姗姗来迟，在这个看似寻常的春日里，一个黑眼黄肤的女婴在吕宋岛打拉省诞生。谁都不曾想过，这个其貌不扬的小女孩，竟会在成年之后，因爱情而奇迹般地迸发出惊人的魅力，并掀动了长达三十年的个人政治狂潮。

  1953年，她与《马尼拉时报》的记者阿基诺相遇，二人初次见面便心存好感，颇有相见恨晚的怅然。随后，坠入爱河，不可自拔。那年，她正值芳龄，20岁的大好年华啊，身旁追求者数不胜数，可她却不顾一切地要与这个平凡的男子同结百年姻缘。她断定，必能与其十指紧扣，双双终老。

  事与愿违。1972年，阿基诺因反对总统马科斯的独裁统治而被强行治罪，关入监狱。于是，19年的"采菊东篱下，悠然见南山"的田园生活，就此无声消泯。她为了使丈夫获得自由，不得不只身涉政，四处托人。

  为了避开独裁统治的迫害，丈夫一出狱，她便携带家眷直奔美国。三年里，他们表面上过着波澜不惊的生活，内心，却是无刻不再做着矛盾的挣扎。他们远离家乡，看着自己的同胞陆续被害，还得忍气吞声，隐姓埋名。

  三年后，这位心系天下的男人，终于决定重返菲律宾，为民主和自由奉上自己的一生。她在背后默默无语，从始至终都心甘情愿地跟随，即便眼里时刻饱藏着忐忑的热泪。

返程的班机还未到达，机场便已经站满了前来迎接的悲苦民众。他们欢呼，哭泣，似乎看到了漫长的生命暗夜里的星光。可令人扼腕的是，这位让众人可歌可泣的英雄，还未走下班机，便被三名武装军人开枪杀害。

历史的巨轮忽然悲鸣，不得不将身后的她一下子推向政治的前台。

动荡、混乱、怨声载道的菲律宾需要一位新的总统，一位兼有民主、仁爱、自由、廉洁于一身的新总统。她并不知道，当她为爱情悲悯、绝望，决心要为丈夫报仇的时候，人民已经默认了她。但这一切，她似乎并没有察觉。或许，正如她后来回忆时所说的一样："我当时根本没有想过要当总统！"

她马不停蹄地在全国各个集会会场、公共场所奔走相告，面无惧色地站在主席台上向菲律宾人民大肆揭露马科斯的残暴罪行。本就心生怨愤的人民，在这一把满腔怒火的燃烧之下，纷纷响应，立志要推翻独裁统治的残酷镇压。

1985年11月4日，在美国政府的强大压力下，马科斯被迫宣布离职，提前选举新总统。消息一出，顿时举国欢腾，民众呼声震天，要她参与竞选新总统。

无人知道，她之所以这么做，大部分原因仅仅是为了帮自己的丈夫讨回一个公道。如今，愿望达成，是时候功成身退了。于是，本无此意的她，为了推脱，随口出了难题："除非有100万人签名支持我，我才可能参加竞选！"

她以为，她的难题一定可以让她安度"难关"，殊不知，不到两日，那些热血沸腾誓死要支持她的民众便已经超过了120万人次。她不知道，自己的一句玩笑话，竟会引来如此之大的社会反响。

她深受感动，终于决定放下一切，走到历史的前台，为她的丈夫继续那段未完成的政治路途。她对那些日夜苦待的群众说："我谨声明我参加竞

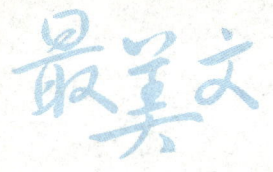

选，并明确表示，如果我当选为共和国总统，我愿意为我国人民服务。"

她的竞选班子，皆是亲近她的妇女和太太们组成的，这一个由女人组织起来的队伍，竟破天荒地获得了大大小小的13个党派的联合支持。

由于马科斯的卑劣行径，勾结官员，篡改选票数据，她最终落选。2月16日，她在马尼拉举行的百万人集会上，郑重宣布了"七点非暴力抗议计划"，强烈谴责马科斯罪状的同时，号召全国人民坚持不懈地从各个领域来抵抗马科斯的独裁统治。在一片惊天动地的讨伐狂澜中，马科斯终于众叛亲离，孤立无援，被迫远走美国。

1986年2月25日，她穿着象征民主、自由、和平的黄色长服，登上了菲律宾总统的宝座。六年后，她退位让贤，但在后来发现，新任总统菲德尔·拉莫斯竟然企图修宪，要将国家体制改为议会制。

她挺身而出，发动了60万人次的浩浩荡荡的反修宪示威游行。2001年，新一届总统上任，她再次策划了"二次人民力量革命"，总统艾斯特与马科斯的下场一样，在一片声讨中，狼狈下台。

很多人记住了这个因爱而生的名字——科拉松·阿诺基，菲律宾第十一任总统，却很少有人知道，这位在政坛叱咤风云了三十年的女子，其实来自我国福建。

她这一生，曾默默，曾辉煌，也曾惊天动地，但回顾所有让她走向历史舞台的原因，归根究底，其实是爱。这爱，让她悲天悯人，让她勇敢地直视那段对方没有走完的人生路。

（原载《意林》（原创版）2009年第9期）

奋斗的路上，没有民族、没有肤色的区别。爱让我们充满了源源不断的勇气。

总让你赢的那个人

文 / 罗静

　　慈母的胳膊是慈爱构成的,孩子睡在里面怎能不甜?

——雨果

　　在西双版纳的候机厅里,一位中年妇女和白发苍苍的母亲发生了争执。

　　女儿抱着怀里的孩子,将脸转向一边。身旁,是偌大的行李箱和零碎的滇南纪念品。

　　母亲继续对着她冷漠的后背唠叨,机场太吵,加上她们所说的是闽南话,我实在听不懂。

　　女儿侧过脸去,朝母亲大吼了几句。原本在女儿怀里熟睡的孩子,被突如其来的咆哮瞬间惊醒,哇哇大哭。

　　候机厅彻底变成了喧杂的菜市场。

　　母亲沉默了一会儿,又开始了若有似无的唠叨。母亲眼神闪烁,声音低轻,似乎怕被人听到。

　　女儿则不一样,正值中年,血气旺盛,势要分出高下。

　　看报纸的不看报纸了,聊天的也不聊天了。所有人的目光,都投向了这对母女。

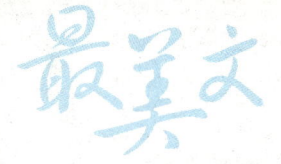

孩子哭得更厉害了，鼻涕，眼泪，哗哗地往外涌。

母亲伸手，想接过女儿手中的孩子，结果被女儿狠狠地拒绝了。女儿用坚实的肘部将母亲伸来的双手顶到了一旁。

女儿将孩子捧到手中，来回晃动，嘴里哼着曲调。孩子哭声小了一些，可仍旧歇不下来。女儿异常烦躁，冲着孩子大吼了几句，孩子哭得更凶了。

母亲在一旁有些焦急，红着脸，说了女儿几句。女儿转过脸去，对着母亲，又是一顿咆哮。

母亲的忍耐显然到了极致，于是，干脆扯开嗓门，与之针锋相对。

女儿的声音越来越含糊，原来她哭了，抱着孩子，眼泪止不住地往下掉。母亲的声音也越来越微弱，最后母亲不说话了，侧过身去，静静地听着女儿哭诉。

候机厅里有人开始埋怨她们太吵。甚至，有人跑去工作室向工作人员反映，请求调解。

在工作人员朝她俩疾步走来的时候，争执终于进入高潮。女儿抬起右手，抹了一把眼泪，拉着行李箱就往外冲。

原本安静的母亲着急了，她一个箭步冲出去，想要拉住女儿。可惜，女儿走得太快，机场的地板太滑。结果，她虽然拉住了女儿的裤腿，自己却重重摔了一跤。

脱落的假牙像调皮的玩具车，顺着光滑的地板，一下飞出好远。

女儿赶紧把母亲扶起来，回到座位，工作人员把假牙清洗干净，还给了母亲。

工作人员询问片刻之后，确定母亲没事，便走远了。

女儿虽然坐定，却一言不发。

女儿一个人默默地流泪，母亲掏出纸巾递给她，她不接。

这时，母亲怀里的闹钟响了。母亲像得到了什么指令，开始翻寻身旁的旅行箱。

母亲掏出几瓶药，配好之后，谨慎地递给女儿。看她的样子，似乎是在提醒女儿按时吃药。

女儿仍旧不接，这次，母亲的手没有缩回。它们一直停在半空中，时不时地，轻碰女儿两下。

母亲低着头，双手捧着药，语气温和地说着什么，像是安慰，又像是道歉。

许久之后，女儿极不情愿地接过了母亲手中的药丸。母亲笑着接过女儿怀里的孩子，顺道把水杯递给女儿。

女儿赢了，我想，她一直都是赢的那个人。

只是，女儿从来不会想，谁才是那个常常让她赢的人。

（原载《经典阅读》2013年第5期）

一切毫无理由的妥协和忍让，无非就是出于无私的爱。遗憾的是，这个道理我们直到很久以后才懂。

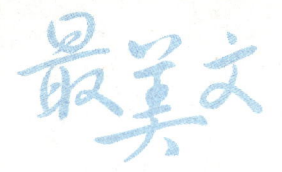

我们是姐妹

文/阿杜

家庭应该是爱、欢乐和笑的殿堂。

——木树久一

一

杜菲的征文获特等奖的消息风一样在校园里传播时,我的心仿佛被针狠狠地扎了一下。

我颓然坐在靠窗的位置,想充耳不闻,但前来道喜的同学还是一波又一波地围过来,那些恭维话,想不听都不行。

"杜婷,你姐得特等奖,你怎么满脸不高兴呀?其实你也不错,三等奖,至少比我们都强,你们姐妹都超级厉害。"后桌的杨威说。平日里,我们关系不错,但那天我像是吃了火药般爆发了:"谁告诉你她是我姐?谁说的?我高不高兴跟你有关系吗?"

杨威脸上红一阵白一阵,尴尬得不知所措。一时间里,大家都愣住了,没有人再说话。

杜菲的脸色苍白,我心里更是厌恶:装什么受伤呢?真正受伤的人是我。

杜菲看了我一眼,欲言又止,似乎是下了很大的勇气,她开口说:"婷婷，你怎么了？"我怎么了？她还问得出口？于是我愤愤地说："特等奖了不起，要不要用高音喇叭宣传，让全世界的人都知道呀？"听了我的话，杜菲涨红脸，低下头，再没说出一句话。

郁闷死了，她为什么要出现在我的生活中？她的到来，改变了一切。在学校里，她抢走了我所有的风光，成绩比我好，长得比我漂亮，就连人缘也比我好；在家里，老爸大事小事都想着她，动不动就要我向她学习，就连向来都讨厌她的妈妈也开始帮着她说话。

我烦她，我不知道要如何才可以超越她，找回那已经倾斜的重心。

二

杜菲是大伯的女儿，我的堂姐，比我大一个月，她一直生活在父亲的老家。

我在父亲的强制下回去过几趟，但我不喜欢那里。每次回去，没住上两天，我就吵着要回省城。省城多好呀，哪是那个破烂小村可比的？

回老家时，堂姐总爱跟着我，她想亲近我又很害羞。我知道她羡慕我，也知道她对我的友善，但我不喜欢她。

在她面前，我从来都高高在上。我淘汰的衣服，妈妈转送给她，看她一脸开心的样子，我就鄙视她，觉得她特虚荣，穿我穿旧的公主裙就以为自己是公主了，走起路来，还一蹦三跳的，十足的乡巴佬。

老妈也不喜欢那里，泥泞的路，陌生的人，手机信号也不好，如果不是老爸强制，她肯定也不愿意回去。特别是我出生时，爷爷、奶奶因为在家照顾早我一个月出生的杜菲和大伯母——大伯母是孤儿，由爷爷奶奶收养带大，再加上他们会晕车——所以没到省城来照顾我和我妈，只让大伯带了很多东西过来。

虽然爷爷奶奶一再抱歉，一再在其他方面做努力，但我妈还是生气了。说他们当长辈的太偏心，对他们很有意见，连带着也不喜欢杜菲。

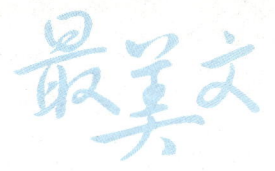

如果我们一直这样远远地各自生活,我可能还是会不喜欢杜菲,但绝不会像现在这样把她视为"眼中钉"。她的优秀我早听老爸说过,可那跟我有什么关系呢?我也有我的骄傲。

可是一场意外的车祸改变了这一切。那场车祸中,爷爷奶奶、大伯伯母全都一起丧生,杜菲成了孤儿,我爸把她从老家接来省城。

三

杜菲刚来时,我很同情她的遭遇,对她还算客气。

在她面前,我会不自觉地流露出一副同情的面孔,摆出我的慈悲心怀,同时也在炫耀自己的富足和见识。我让老爸帮她转学到我们学校,和我一个班,还安排成同桌。

老妈没得选择,杜菲来的第一天晚上,她就把我淘汰的衣服全都整理出来给她,还说以后会帮她买新的。杜菲平静地接受我们的安排,没有拒绝。

放在过去,老妈一定会说她没礼貌,但那次老妈什么都没计较,她可怜杜菲经历了那么惨痛的创伤。老妈还向老爸承诺,会把杜菲当成亲生女儿一样对待。老爸很激动,杜菲却依旧没有什么表情,连声"谢谢"都没有。

杜菲从不主动说话,我们问一句,她应一句,连走路也是低着头。她的局促不安我们都感觉到了,但想想她刚从乡下来,一时间可能还不适应省城的生活,也就没放在心上。

老爸是把杜菲当成女儿看待的,他对她比对我还要好。以前老爸很少在家吃饭,杜菲来后,他谢绝了一切饭局,对于这一点,老妈虽有醋意,但还是乐于接受。我最不满意老爸的一点就是,他对我说话,从来只有命令,对杜菲说话时,却都是商量和征求。但想到杜菲的遭遇,我也就理解了老爸,一起同情她。

四

杜菲很能干，她来家后，每天都会帮我妈干活，洗衣、拖地、洗碗，后来连炒菜也是她掌勺。老妈刚开始过意不去，每次都会叫她不要干了，但杜菲很坚持，后来老妈也就习惯成自然。

只是她的勤劳却让从没干过家务的我显得特别突兀，我心里很不是滋味。没有她的对比，我在父母眼中从来都是优秀的，做家务那根本不需要我沾手的事，现在也成了我的缺点。

杜菲和我一样高，堂姐妹的缘故吧，长相也有几分像。她虽然穿我的旧衣服，但班上的同学都说我们像双胞胎，很漂亮。刚开始，我热心帮助她。我想，她成绩再好那也是在乡下，要赢过我根本不可能。

但她太让我意外了，第一次考试，她就以和我一样高的总分并列全年级第一名。老班像拣了个宝，对她赞不绝口，虽然也表扬了我几句。但她是从乡下来的，凭什么一时间里就抢走属于我的风头？我心里开始憋屈，对她的好也渐渐淡了。

杜菲不明白我的转变，依旧整天跟在我身边，那是我刚开始时要她这样做的，说是有个伴在身边就不孤单了。可是后来，我越发感觉到，她在我身边，我却成了她的衬托。大家都说她长得比我漂亮，性格也更好，反倒我原来并不显眼的缺点日渐放大了。

我开始想要躲避她，她却影子一样跟着我。我痛恨这样煎熬的日子，在别人面前，我还得装出一副关爱她的样子，我不想被人说成冷漠无情。

我暗自努力想赢过她，但她却愈来愈好，适应了省城中学的教学方式后，有几次考试她的总分都超过了我。我竭尽全力了，人很疲倦，心很累，每一方面我都输给了她。

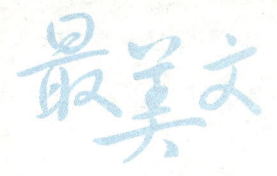

五

　　我的作文向来都是语文老师选读的范文，我还在许多的校园刊物上发表过文章，班上的同学都说我"才貌双全"，叫我"美少女作家"。

　　征文比赛成了导火索，我再也无法忍受杜菲居然得了特等奖，而我只是三等奖，这样讽刺的结果让我无地自容。在大家围过来向她道喜时，我已经快要爆炸了，后桌杨威撞在了枪口上，我一下子就把所有郁积已久的愤怒爆发出来。

　　我嫉妒她，怨恨她，凭什么她遭遇了不幸却要搭上我的幸福和快乐。她没有出现在我的生活里以前，我过得那么开心，我高高在上，我独享父母的宠爱，备受大家的爱戴和羡慕。可她来了之后，这一切都改变了。

　　我歇斯底里不管不顾，只想宣泄。半年了，我一直在忍，也一直在努力，但我处处都输给她，输给一个我曾看不上眼，甚至是我的同情对象。

　　放学后，我跑出校门，甩开了影子一样跟着我的杜菲。

　　徘徊在公园幽深的小径上，直到暮色四合，我还是理不顺自己的思绪，不想回家。坐在山坡凉亭里，望着游人渐少的偌大公园，心里阵阵恐慌。

　　手机铃声又一次响起，之前杜菲打来的我都挂断了。看是爸爸打的，我不得不接起来，爸爸没骂我，他说他马上过来。

　　爸爸的语气难得的温柔，或许他也想到了我正处在矛盾和难受当中吧。

六

　　爸爸陪我坐在凉亭里，他眼神倦倦地望着苍茫的夜色，第一次向我说起了他和大伯、大伯母之间的故事。

大伯大爸爸三岁，爸爸说，如果当年不是大伯主动让出机会，回到家里帮忙干活、挣钱，他又怎么可能继续读书呢？大伯母比爸爸小两岁，她虽是爷爷奶奶收养的孩子，但他们仨从小一起长大，感情好得很……"他们俩个早早辍学，帮助你爷爷奶奶撑起了一个家，并且供我上学。那些年月里，如果没有他们，我又怎么走得出大山……"爸爸说。

那天爸爸说了很多我曾经并不知道的往事，听得我泪盈满眶。

"一夜间，我的父母兄妹就与我阴阳相隔了，这个事实，我怎么都接受不了，翻看那些泛黄的旧照片时恍然如梦。婷婷，你能明白我的心痛吗？我知道菲菲来家里后你的变化，你的努力我也看在眼里，但你把输赢看得太重了。你大伯原来的成绩就比我好，他辍学回家，只因为他觉得自己是兄长。想想菲菲的经历，想想这世间的事，不都是一场梦吗？唯有爱和亲情才是最重要的……"爸爸说，他早已泪流满面了。

我心里波澜起伏。爸爸说，世事无常，谁知道生命会何时结束？但活着时，就要好好爱身边的人，特别是我们的亲人，谁知道能同行多久呢？

我为自己狭隘的嫉妒心汗颜，郁结已久的怨气豁然飘散。在爸爸的开导下，我决定重新审视自己，也重新接纳那个和我长得很像的姐姐杜菲。

我们是姐妹——这是我们一生的缘分。

（原载《意林》（少年版）2014年第22期）

正所谓姐妹情深，谁高谁低又有什么关系呢？重要的是，彼此视对方为亲人，彼此温暖一辈子。一直爱着，难道不好吗？

让爱去爱

文 / 倪西赟

心心相印的人，在悲哀之中必然会发出同情的共鸣。

——莎士比亚

世上，总有缘深缘浅，总有爱恨无常。原以为和父亲之间，只有浅浅的爱，可没想到十几年后，我终于和父亲，再次相亲相爱。

一

"小兔崽子，等会儿看老子怎么收拾你！"

父亲喜欢用"老子"这个词称呼自己，所以，我也一直称呼父亲为"老子"。

小时候每次听到这句话，我绝对不可掉以轻心，因为老子几乎从不食言，之后我绝对是跑得一溜烟！

父亲是个军人，是个活泼不足，威严有余的军人。自从复员后，对我一直"关照"有加：在家里，我吃饭要规规矩矩，吃饭不能发出声音，脚不能蹬在桌腿上，要平放在地上；有客人来了，不能上桌与客人同坐；上学了，我写字绝对不能马虎，否则老子一巴掌打得劈头盖脸的。

他说字像弯着长的树苗，能成材？去地里干活，不能偷懒不能马虎，否则准会被饿上一天。他说不好好种地，以后连饭也吃不上。如果哪天我做了坏事，比如折断了路边上的小树踩倒了人家田里的苗，他要知道了，我肯定会被暴揍一顿！他说把你的手脚折断看看疼不疼？

老子不善于表达自己，只会用动作"纠正"你从小，我就记恨着老子。

我得不到老子的宠爱，所以和老子天生不那么热乎。

读完书，我在南方的城里安了家。老子嫌我和妹妹都在外边成家，没有个人在身边。我在城里安家了很多年，他硬是一次都没去。

我每次回去，和老子的交流仅限于"回来啦""我走了"等简短几句话。看到老子的腰板一年一年地不再挺拔，一年一年增添了不少白发，我也挺揪心的。我劝他要好好照顾好自己，但他的嘴巴依旧生硬："老子十年八年的还死不了！"一听这话，我的气就不打一处来，常常愤愤走开。

月明星稀，夜凉如水。从门缝里看到老子一个人在院子里坐着发呆，我的心又好疼。我不知如何劝他，爱他。所以，我经常逃避正面对老子表达爱，但心里却又疼着老子。我想他也一样，爱着我，却又死撑着面子，真是看着很烦，走了又很挂念。

二

我终于说服老妈让老子来城里住，是在儿子五岁的时候。

老子刚来两天就吵着要回家，说这里的生活拘束，进门要换鞋，抽烟要阳台，天天要洗澡，规矩多多。

"你老是咋咋呼呼地干什么？你觉得这里规矩多，你以前的规矩也不少，不也是成天把孩子管得严严的？再说了，你刚来就走，对孩子连点热乎劲儿都没有，哪像个当爹当爷爷的？"老妈吼了他几句，真把他震住了，从此再也没有说走。但是，老子很孤独，他不看电视，不逛街，不说话，很多时候抽闷烟，一支接着一支地抽。

一天晚上，我们坐在沙发上。我靠近老子，有意和他亲近亲近，想找找当儿子的感觉。老子也和我靠得很近，看样子也有话想和我说。我知道

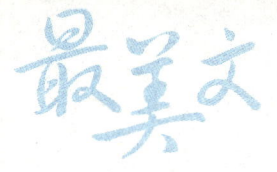

他想说的话，他也知道我想和他说的。

可是，我们就那样静静坐着，回忆与现实来回穿越，夜晚静得能听见彼此的心跳。我们之间储存了十几年的话，终究没说出来……

情，不是一朝一夕就可以养成的，是的，这么多年了，我们终究还是生分着。

我想给老子端盆热水，蹲下身子给他洗洗脚，而他慈祥地端坐着，用他那粗糙而温暖的大手，轻轻抚摸着我的头说一声："乖儿子"。我想给老子剪剪那能伤着他的手指甲，仔细地给他剪着，听剪刀在静静的夜里发出清脆的声音。我想和他躺在一张床上睡觉，说着话，拉着呱，在他的臂弯里，不知不觉地睡去……可我什么也没有做……

三

当儿子明仁睁着大大的眼睛，问我为什么不爱和他玩了的时候，他发现了我的不快乐。

我对明仁说："因为没人陪爷爷玩，我又没有时间陪他玩。"

"这个好说，你不在家的时候我陪他玩。"明仁大人样地拍拍自己的胸脯。

明仁的话让我眼前一亮，是啊，何不让他去爱老子呢？我茅塞顿开。

明仁很听话，有事没事就跑过去和老子黏糊，明仁把和我很亲昵的动作也用到了老子的身上，一会儿摸摸老子的胡子，一会儿亲亲老子的脸。老子从来没有这样和我亲昵过，所以对明仁过于亲昵的动作也不习惯，总躲躲闪闪的。可是，经不住明仁的腻歪，最后，他渐渐习惯亲亲孙子的额头，挠孙子的痒痒了。

我上班的时候对老子说："我把你孙子惯坏了，没有规矩，您帮我调教调教吧，该打就打。"老子冲我摆摆手说："打不得，打不得。打儿子没人敢说什么，打孙子人家笑话，隔着代呢！"

哈哈哈，我走出家门，乐得肚子痛。

我知道老子唯一的爱好是打打牌，而且只有在打牌的时候才会放下紧绷着的脸。我经常怂恿明仁去找老子打牌，于是明仁屁颠颠地去找老子打牌。老子不想和孙子玩，但又不能不玩。

和孙子玩牌后，才发现还有更大的麻烦：他不能赢孙子，赢了孙子，孙子哭，哭得一把鼻涕一把泪的。输也不行，输了孙子说他不当真和他玩，央求爷爷认真点玩。老子常常很是无奈，但我知道他心里是冒着泡似的快乐着。

看着老子被孙子整治得服服帖帖，我心里乐开了花。

四

"开春了，再不回去种地，就赶不上节气了。"老妈对老子下逐客令。

"急什么急？晚几天也不怕，福还没享够呢。"老子一反常态，大胆地反驳老妈。我知道，老子有点不想走了，这段时间他和明仁已经形影不离了。

在当老子把对儿子的爱，全部用到了对孙子的爱上时，犹如山洪暴发！

在临回家的前一天晚上，明仁主动要求和爷爷睡在一起。爷俩叽里呱啦，聊到很晚才睡。

我半夜起来，蹑手蹑脚地到爷俩房间。借着窗外的月光，我看着明仁紧紧搂着老子的脖子，老子紧紧搂着明仁的小屁股。老子那满脸的皱纹，就像一朵盛开的菊花。

终究，老子恋恋不舍地回去了。

为了不让这根爱的连线在时间里折断，只要有假期，我都会带着儿子回老家和老子团聚。

最美的是在家乡，夕阳西下，倦鸟归家。

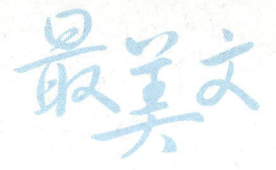

当我和老子在田野里劳作完,踩着松软微凉的泥土沿着田埂回家,老子一把抱起孙子明仁举过头顶,稳稳地放在他脖子上的时候,我看见了老子内心的柔弱,我看见了老子满脸的笑容,我看见老子从心底荡漾着的快乐。

世上,并不是所有的爱,直接去爱就会有爱。如果你的爱曾经搁浅,曾经隐藏,曾经受伤,无法抵达,无法马上去爱。那么,就尝试找到另一种爱的方式吧:隔着爱,爱得更持久!

(原载《语文报》2014年第23期)

亲情是连接爱的纽带,愿这爱,一直延续下去!

第三辑

情敌与上帝

安娜接过信，那是丹尼尔的笔迹：亲爱的安娜，当你看到这封信的时候，说明你已经安全了。户外运动，固然刺激，但也万分惊险。有了你，我不想再寻求刺激了，可你却爱上了户外运动。我担心出意外，于是把这封信交给了蒂芬妮，让她充当一回你的情敌。我想当我遇到危险，你舍不得抛弃我的时候，或者当你遇到危险的时候，有了情敌，你才会独自迎向未来……还没看完信，安娜就用双手捂住了脸……

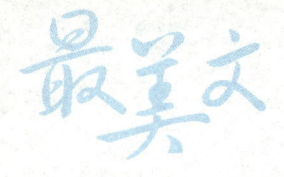

愿我们来世不再相见

文 / 宋敏

父母和子女，是彼此赠与的最佳礼物。

——维斯冠

一

当那个头发早白的男人给我写了无数书信后，我仍不曾在偶然寥寥数语的回信中加上一个称呼，更不会在末尾署上什么"亲爱的女儿"之类肉麻疙瘩的话。

我很少见他，一年两次或一次，都是母亲领着去的。一百多公里的行程，常常使我度秒如年。颠簸崎岖的山路，还未过一半，我便呕吐得天昏地暗了。

母亲一手提着给他准备的大包小包，一手拥揽着我，不停地说快到了，快到了。我吵嚷着下车，要回去，因为自觉得腹部已空，怕是将要亡了。

起初母亲会哄着我，骗着我，甚至哽声咽气地央求司机大叔靠边停车给我透透气。后来再不会那样温和了，常常是动不动就几个冰凉宽实的巴掌迎面拍来，使我涕泪交加。

对于很多同龄人而言，他们最喜欢寒假。因为那代表着有几场扎扎实实的雪仗可打，几张脆生生的压岁钱可拿，甚至，还有几套花哨的新衣可穿。

我非但一无所有，还不得不跋山涉水，忍受胃肠翻江倒海之苦，前去探望一个居于狱中的老男人。

他快出来时，母亲总会略带哭腔地叮嘱我："记得叫他声爸爸，知道吗？"我极不愿做这样违心的事儿。首先，自己确然不明他到底是何许人也，再者，经历了八百磨难，只为见面前这个让我一无所有的男人，如何叫得出口？

母亲硬逼着，使眼色，再不行就暗自垂一条手臂下来，旁人看似关切地护抱着我，实质是一种潜在的威胁。如果该叫的时候我没叫，她便会在我后背上重重地掐一把，疼得我龇牙咧嘴，热泪盈眶地叫了几声"爸爸"。

不过说来也怪，每次我叫出这两个字的时候，那刚强的男人总是会在一瞬间恍然落泪。我欣喜极了，仿佛这句话是刀子，是枪炮，把他刺伤的同时，心里也得到了少许补偿。

旁人不知道我有一个坐牢的父亲，我也不曾提及此事。唯有一次召开家长会，全班同学个个双亲陪护，唯我仅有母亲在旁，主持会议的老师客气地询问父亲不前往此地的缘由。母亲眼神茫然而又躲闪地说："他在外地，一时半会儿赶不过来。"

之后归家，母亲哭了整整了一夜。于是，我越发恨极了那个头发早白不知因何故触犯了法律的老男人。

二

他出狱那天，幸好我在学校。因而母亲没有逼迫我上车同她一道去接他，回家时，那男人已经安然就座于饭桌旁了。

我漠然地从他面前端过母亲盛满的饭，理直气壮地说："这个屋子，一直都是我拿第一碗饭的，你凭什么抢？"

后来，生平第一次被男人打了。他一边狠狠地抽动鞭子，一边老泪纵横地说："养不教，父之过；养不教，父之过……"

我因此学会了旁人所说的礼貌。至少，我再不敢哄抢第一碗饭，再不

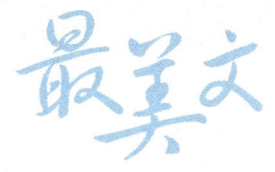

敢于饭桌上撒野,再不敢用手抓菜。他令我先给母亲盛饭,再给他盛饭。完毕,还得恭恭敬敬地朝母亲谢恩:"感谢您为我做好饭菜,妈妈。"

每次说这些话的时候,母亲总在一旁喃喃地道:"不用说了,不用说了,都是一家人,何故这样陌生?"

她越是这样说,这样怜惜着我,我越是觉得无限委屈,要把胸中所有的怨恨都一并在他面前喊出来。因此,叫得更大声了。

半夜,母亲前来替我在伤口上上药,叮嘱万事遵从着他,说他曾是个退伍军人,正义感与纪律感极强。我抚着母亲的手,恨恨地央求道:"妈,你快把我送出去吧,我不想呆在这个家里受罪了。他要真是我爸的话,何故现在才来管教于我?早些年干什么去了?真有纪律感,凭什么坐牢犯法?"

抱着母亲过早粗糙的大手,我哭得没了气力。恍惚中,有人穿过厅堂,径直把我抱上了床,掖了被角,缓缓离去。我知道是他,那浓烈的烟草气息和宽厚的胸膛,顿时,不悦中又存有了些许说不清道不明的情愫。

清早第二节课,班主任急急奔入教室,说我母亲打来电话,令我火速回家。

门前,一摊墨红的鲜血在暖风中恣意蔓延,我踉跄着夺门而入,心随眼前之景沉沉平静下来。

凌乱的屋内,母亲正焦急地给他的额头上药,鲜血汩汩地流过他那张坚毅古铜的脸,凝结,断裂成块,松散地悬贴在脸上。母亲一面包扎,一面号啕大哭:"走,女儿回来了,咱们一块儿上医院去吧!"

他回头看了看我,仍旧一脸冰霜。我于心不忍地问道:"疼吗?"他笑笑,干瘪的嘴唇轻轻向上扬起,勉强至极。

晚饭时,他安躺在沙发上,我将饭端盛给他,悄悄地凑到母亲耳旁:"妈,他怎么会弄成这样?"

母亲顿了一会儿,轻声说道:"你那屋子不是漏雨吗?他今儿早上听说后,硬是要上去看看,说拾拣拾拣瓦片,这样就不会再漏,你也用不着一下雨就朝客厅沙发上跑了。谁知，下来的时候踩折了梯子……"

我嗯嗯地回应着母亲，大口扒完了饭菜，独自转身进了卧室。刚抬头目及到大片被雨水污蚀的天花板，眼泪就簌簌地掉了下来。

三

没过几年，我考上了大学，填取志愿那天，家里爆发了小小的内战。母亲说我从小受她娇纵，未曾吃过什么苦头，要是去外省的话，一来怕饮食不惯，二来又怕遭人欺负。

他冷着脸，一拍桌子哼哼地说："多大的闺女呢？还小，是吧？你能搂她惯她一辈子？趁年轻，多去外面吃点苦头，别等我们死的时候才恍然彻悟，跑到坟头哭怨当初没给她磨练的机会。"

冲他这句话，原本欲留本省陪同母亲的我赌气填下了三所省外高校的代码。

最后，我被录取在享有"冰都"之誉的哈尔滨。为此，母亲哭了整整一夜，说怕寒惧冷的我以后有得苦受了。他悠然地摁着遥控器，把烟头抽得啪啪乱响，厉声喝住了母亲："她是去读书，不是上战场！你哭什么哭？真疼她爱她的话，跟她一块儿去得了。给她洗衣做饭收拾屋子，当个现成保姆！"

我冷冷地笑，轻拍着母亲的大腿说："妈，你别担心，学校都装有暖气呢。在那儿，至少比在咱们家暖和！"说完，我朝他所在的位置狠狠白了一眼。

我倔强执拗着要一个人走，不要任何人送，母亲急了，摇着他的臂膀，希望他发话劝劝我。殊不知，他耸眉不屑地道："真有本事的，独自上路不算，还得自个儿挣钱养自个儿。不是成年了吗？独立了吗？那就去飞啊！我倒要看看她能闯出多大的世界！"

母亲暗自抹泪，再不言语。

临行前，她将我送到车站，千叮咛万嘱咐，叫我缺钱少衣就往家里打

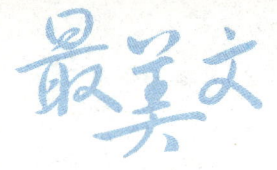

电话,她和男人会惦念着我。

一入校,我便申请了助学贷款及勤工俭学的名额,将家中汇来的学费如数奉还回去。母亲刚接到款单便打来了电话:"你怎么能和你爸怄气呢?他也是为你好啊!再者,他那人是刀子嘴豆腐心,你又不是不知道。"

我婉言谢绝了母亲,并告诉她,我会用自己的能力来维持生计并念完大学。她在那头哽咽地道:"我看你们两个冤家要斗到什么时候?"

四

自给自足地念完大学,拿到毕业证的当天,第一件事便是打电话回家公布我的恋情。我告诉母亲,我和一个山东男孩恋爱了,他为人不错,心地善良,又挺上进,在危难时帮助过我,想征询她的意见。

母亲说了句这个得问问你爸,他做主。接着,刺耳的声音便从这头的听筒里冒了出来:"不管黑猫白猫,先带到家里让我见了再说!要是地痞流氓,我就先给他几个耳刮子!"

我把手机开了扩音,男友在一旁听得直冒冷汗,原本充满无限幻想的他,顿时怯生生地问:"真要去你家?"

无可厚非,我把男友带回了家中。声如洪钟的男人一脸严肃,把他吓得面色惨白,一动不动。平日无比活泼的大男孩,今日成了一只受惊的麋鹿。

厨房内,我向母亲抱怨:"这多少也是客人,他怎么能以这样的态度对待客人?哦,难不成这就是军人的待客之道?"

当夜,男人像审讯犯人一般将男友与我恋爱的经过盘问得详细彻底,最后,叹出一句:"女大不中留啊!"

后来,我与男友结婚了。为了躲开男人,我在外面买了房子,迁了出去。男人起初不来,说我长大了,嫌他与母亲不中用了。

后来有了女儿,他倒天天奔过来了。整日带着她四处乱逛,游手好闲,甚至俯下身来给女儿当木马。我不敢多言,夫也是,只能任由着他。

女儿爱极了他，远远就能听出是他的脚步声，饭也不吃地就奔往楼道给他开门。我跟丈夫嘀咕着："怎么就不见他哪次专程来探望我呢？"

大年夜，男人打来电话，催促我们快些过去，母亲已将年夜饭准备完毕。一路上，我一直想，该如何询问母亲，解除那个在心头萦绕多年的困惑。

饭后，女儿吵嚷着要放烟花，男人二话不说，起身拉开大衣将她藏于怀中，顶着风雪消逝在茫茫夜色中了。

我鼓足了勇气问母亲："妈，他当年为何要坐牢啊？"

母亲含泪说道："你三岁那年的大年夜，吵嚷着要放烟花，他不顾我的劝阻，硬要披衣抱你出去买。你知道的，那些年不比现在，治安不大好。没出去多远便在拐角处碰上了劫匪，人家见他怀里鼓囊囊着，以为是什么财宝。你知道的，你爹那臭脾气，非但不躲，还和别人打了起来。结果那人拿出刀子朝他怀里捅了一刀，结果没捅到你爹，倒把你的手给弄伤了。你爹见嗷嗷大哭的你一身鲜血，顿时怒气冲冠，夺过刀子……唉，算命的就说，你属虎，你爹也属虎，容不得在一块儿……看来，真是这么回事，活了一辈子，斗了一辈子……"

还未听完，我便握着电筒去找男人了。一路上，泪水洒湿了我的衣裳，温热的心在寒风中剧烈跳动着："爸，愿来世我们再不相见，你无忧无争好好地过上一辈子。"

（原载《语文周报》2015年第6期）

那些在岁月里因为矛盾隔阂而落满心底的层层伤疤，总会在爱的滋润里消失殆尽。愿各自安好，不负韶华。

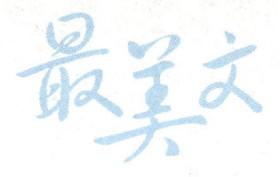

你比我多爱了整整三十年

文 / 李兴海

只坐在我们母亲的膝上,我们就获得了我们最高尚、最真诚和最远大的理想,但是里面很少有任何金钱。

——马克·吐温

一

很早之前,我就想写一写,关于我和老女人的恩怨情仇史。

我和老女人相安无事地平处了十七年后,终于爆发了第一场轰轰烈烈的战役。她举着瘦长的木棍,一面张着血盆大口臭骂我是小王八羔子,一面在小区里锲而不舍地追着我跑了不知多少圈。最后,她累坏了,停下臃肿的身躯,坐在小区的花园里吭哧吭哧地喘气。

我站在不远处与她对视,关切着她的一举一动。我语重心长地说,妈,现在已经不是你那个时代了,现在的高中生,谁没谈过恋爱?人家书上都写了,十八岁之前没有谈过恋爱的人生是不完整的。我今年已经十七岁了,你不想你儿子的人生不完整吧?

她举着瘦长的木棍,眼睛里几乎要喷出火来,放你老子的屁!全世界的人都能早恋,就你不能早恋!你也不看看你是什么家底儿,人家是什么家底儿?我辛辛苦苦一个人把你拉扯到现在,起早贪黑地工作,为的是什么?为的是我自己吗?你这个没良心的东西!呜呜……

老女人声泪俱下，立刻引来了许多邻居的同情。最后，是小区里的两个壮汉见义勇为，不论青红皂白地把我拖回了家。可想而知，我那天的下场如何。

一个17岁的，身高174cm的，梳着分头的少年，在三楼的某一间屋子里，被一个43岁的，身高162cm的，头发蓬乱的妇女打得哭天抢地。想想，那场面真够丢人。

为了不让类似这样的事件再次发生，老女人逼迫着我签下了一个所谓《母子合约》的东西。为了能让我睹物反思，老女人决定将条约贴在我的床头。我如同受了奇耻大辱一般，暗自发誓，一定要将这张东西理直气壮地摘下来。

条约的最后一条明文写着，如凭真本事考入班级前十，便可以摘下此条约。我痛定思痛，为了我的初恋，为了我的前程，为了我的自由，为了我的自尊，我一定从此发愤图强。

这是我辉煌的一生中所签订下的第一个不平等条约。

高三第一次期末考，我得了十一名。当天，我一个人站在寒冷的足球场上悲呼，天妒英才啊！既生她，何生我？！

正当我觉得此生渺茫时，老女人忽然将条例上的班级前十改成了国家重本。于是，我又忽然觉得有了希望，很是拼命地刻苦了一段时日。

邮递员敲门送来大学录取通知书时，老女人正在厨房里风风火火地炒菜。她打开录取通知书，看着看着，哇地一声哭了起来，把身旁的我吓了个半死，以为她怎么了。

那天，日历上赫然写着1998年8月3日。这是一个绝对具有个人历史意义的重大节日，它代表着一个悲苦的少年，终于可以摆脱封建等级的魔掌，正式奔入自由平等的成年大潮。

二

临行前，老女人说了很多话，我第一次发现，她是那么羸弱不堪，需

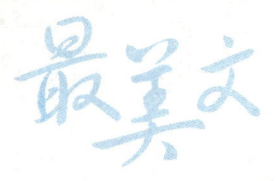

要一个依靠。于是，我半开玩笑地说，妈，要不你重新再找一个吧，我爸也死了那么多年了，我对你找后老伴儿已经再没有任何意见了。

我以为，老女人会被我的知事明理以及宽宏大量感动得稀里哗啦。殊不料，这样的主张，却招来了她的臭骂。最好闭上你的嘴巴，你懂什么？老娘是那种朝三暮四的人吗？我这辈子只跟一个男人，他活着也好，死了也罢，只有你爸这一个！

这次，轮到我被感动得一塌糊涂，半夜里爬起来好几次，硬是想要为她的爱情写一本惊天动地的传记。但自我折磨了整整一夜，除了她说的那句话之外，再没能写出什么东西。

于是，我开始埋怨老女人，为何不把我生得有才能些，这样，我便可以以此杜撰出一部感人肺腑的爱情小说，并一举成名，成为当红的超人气作家。

第二天老女人安静细致地，将我的衣服和裤子逐一叠进行囊。一遍又一遍地问我，这个也带上吧？这个路上用得着呢！

最后，是我厌烦了，摆着手说，行了行了，不用你弄的，你的话比你做的事情还多。再者，我是去念书，又不是搬家，带那么多东西干嘛？逃荒啊？

老女人不说话了，静静地站在一旁看我收拾。上车前，我终于鼓足勇气对老女人说了一句极为矫情的话，妈，你要好好保重，我会回来看你的！

瞬间，那种在电视剧里面泛滥成灾的镜头，立刻于现实中重演。车站上挤满了密密麻麻的人群，时间不允许我多说一句话。就这样，我和老女人，硬生生地汹涌的人流隔开了。她努力地探出头来，朝我挥手，示意一路顺风。

我看着在人群中逐渐渺小的她，终于簌簌地落起泪来。老女人多胆小啊，每天夜里有什么动静，她都是叫我起来查看。现在我走了，她该怎么办？

老女人不会给我留下任何担心的机会。刚到学校的第一天，她便在电话里洋洋自得地说，我新买了防盗警报器，这科技就是先进，只要有人图谋不轨，警报马上就会在楼道里嘟嘟地响起来。

我勒紧裤腰带，买了一个劣质小灵通，目的只是为了能让老女人可以在第一时间里找到我。我没有告诉她，这是我节衣缩食买来的电话。要不然，她又得在那头大惊小怪地问长问短，我不想再让老女人为我担心。

三

老女人并没有告诉我关于她下岗的消息，年后回家，忽然听闻邻居提起，才知实情。老女人不再是铁饭碗一族，她去了复烤厂当合同工，没日没夜地整理那些呛人刺鼻的烟叶。偶尔，还得扛重逾百斤的大烟筒。

我跟老女人说，别干了，我能养活自己，却遭来她的臭骂，学生不好好读书，想干什么？学人家创业？还是学人家勤工俭学？这些老娘都不需要，你给我好好地，专心致志地念书就是了！别搞那些捡了芝麻丢了西瓜的事情，你想赚钱，以后有的是机会！

无疑，我和老女人又爆发了一次轰轰烈烈的战役。结局一如往常，她在动情的嚎啕中取了全面胜利，老女人趁机和我签订了第二个不平等条约。

我没告诉老女人我在校外找了一份家教的兼职，每次想起那大包大包的烟筒，我就寝食难安。老女人这些年虽然吃了不少苦，受了不少委屈，但至少没像现在这般受累。

在充满欢声笑语的宿舍里，每每看到有收废纸的妇人背着大包战利品艰难地下楼时，我就会想起老女人。她的模样，大抵也是如此狼狈吧？

我把老女人按时打给我的钱，一月一月地转到另外一张秘密的存折上。看着存折上日渐庞大的数目，我开始构想起老女人的幸福未来。

可好景不长，离家不到半年，我便接到了一个十万火急的电话。邻居说，快回来看看你妈吧，她得了急性阑尾炎，要不是昨晚我起夜听到叫

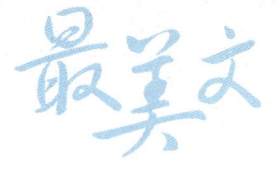

声，都不知她会怎样。

我从那个秘密的存折上兑出了一把花花绿绿的钞票，乘了当日南下的班机。老女人对于我的忽然到访，显得有些不悦。她问，学校放假了？我说没。她便接着问，学校没放假你来做什么？

老女人瘦了许多，病怏怏地躺在惨白的床单上，看得让人热泪横流。手术不难，只是需要几千块钱，以及术后的专人照料。

我背着老女人交了手术费，她躺在床上一遍又一遍地问护士，吃点药不行吗？我不想动手术，我还得去上班呢。护士笑笑，身体才是革命的本钱，先养好病再说吧。

老女人进手术室那天，紧紧地握着我的手，无论如何也不松开。她忐忑地问，进去了还能不能出来？我是不是有其他的病？我笑了，拍拍她的手说，别怕，你的命可长着呢。你还得等着我毕业，赚大把的钱让你数，看我结婚，生孩子，领你去游遍名山大川……

老女人又哭了，她总是这么多愁善感，听不得半点甜言蜜语。

四

毕业后，我不顾女友的劝阻，毅然回到了南方小镇。我不想再听到邻居十万火急的电话，也再不能忍受良心的谴责，为了自己的前程而把孤独的老女人抛到一边。

老女人整天唠叨，出去吧，出去机会多些，大城市更容易发展。年轻人，老呆在穷地方做什么？

后来，我禁不住她的狂轰滥炸，只好道明实情。我说，我是怕你一个人在家里，什么时候窒息了都没人管！老女人大笑，眼里依稀有泪，我会窒息？你好好看看你为娘这身体，哪儿不是肌肉？如果不是人家限制年龄的话，我早就去参选健美小姐了。

我没有告诉老女人，那次医院检查的真实结果。她患的不仅仅是急性阑尾炎，还有一大堆常见的病症。譬如长期饮食不规律引起的十二指肠胃溃疡，食盐过多引起的高血压，肥胖过度引起的脂肪肝，常年身居潮湿工作环境引起的关节风湿，等等。

她不再是当年可以追着我跑绕几十圈小区的彪悍母亲了，她现在需要一个人，陪着她，听她唠叨，在危难时将她背上肩头。

结婚那天，老女人笑了整整一晚，她挨个敬了很多酒，前言不搭后语。送她回去时，我听见她呜咽着说，要是你爸能活到今天，那该多好！

老女人55岁那年，我在宽敞的厅堂里教两岁的女儿说我爱奶奶。女儿很听话，摇晃着步子走到老女人跟前，仰着头叫，奶奶我爱你，奶奶我爱你。老女人乐了，逗她说，我也爱你。

女儿忽然捣蛋，奶奶，你爱我几年了？我爱你可有整整两岁了！老女人将她抱在怀里，笑着说，我爱你已经有三岁了，从你妈妈怀上你的时候，我就已经在爱你了！

听着老女人这句向众人打趣的话，我有种后知后觉的悔憾。如果此刻我才确定我爱老女人的话，那么，她的爱就比我早了整整三十年。

因为，在我还未出世之前，她便已经开始了这份永无休止的爱。

（原载《语文报》2014年第36期）

是啊，有些爱总是后知后觉。你爱我多一点，或者我爱你多一点，这些都已经不重要。重要的是，从某一刻起，我们一起用爱交流，赐予剩余生命以福祉！

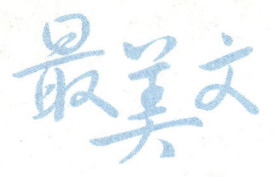

不见天日的疼爱

文 / 郑沈倩

孝有三：大尊尊亲，其次弗辱，其下能养。

——《礼记》

中学之时，我有一个性格极为怪癖的同桌。

他很少与我说话，而新朋旧友多得数不过来的我也不去主动理会他。就这样，我与他虽同桌整整一年，却未曾实实在在地说过几次话。

在我印象中，他是一个颇为狡猾的小子。每次放学前三分钟他都必然会起来打报告，一脸尴尬地跟任课老师说急于上厕所。当然，这样的要求是不可能遭到反驳的。

他一次次成功地逃出教室，如风一般掠过花园小道，在一片惊羡中消失得无影无踪。

谁都知道，这三分钟的时间，比放学后的十五分钟还宝贵。他可以成功避开拥挤，第一个骑上自行车，绕出车水马龙，坐在一个网吧里最好的位置。

可奇怪，在我看来，他好像从来没有为这三分钟开心过。他越是这样，我就越发觉得他虚伪。

我们每天跟着冗长的队伍蠕动出校门，顶着阴雨或烈阳，艰难地在车海与人流中穿梭。一边咒骂，一边抱怨，几乎每一个人都会和我一样，不自觉地想起他来，嬉笑之中又充满了鄙夷。

大概是我把玩的都玩遍了，才会黔驴技穷地想到要把娱乐快车的方向朝他调去。

次日，离课后铃仅差三分钟的时候，他照旧地挺身站起，在一片哗然中尴尬地说："老师，我想上厕所。"

他以为，这出戏还能像从前一样成为他的护身符，帮他赢得那宝贵的三分钟，以便全然脱离跟随人海拥挤的苦恼。

"站住！下课后再去！"正当他欲跨步飞奔时，任课老师面色铁青地站在讲台上，厉声呵道。

"老师我真急！"怔怔地站了几秒后，他红着脸再次央求道。五十六张嘴巴的哄笑险些把教学楼顶掀倒。显然，他早意识到自己这句话将造成的后果，可是他太心急了。

"只有两分多钟了，你急什么？"看来任课老师真发火了，眼睛瞪得跟铜铃一般大小。

他依旧一动不动地站在那儿，像是有些不甘心。我拐了拐他的大腿，道："你先坐下，有什么事儿课后再说嘛！要是为了这两分钟坏了老师兴致，以后有你受的！"

最后那两分钟，我被他搅得心神不宁。或许他这一辈子都不可能知道，上办公室给最后一节任课老师打报告，谎称有同学会提前请假去网吧包机的人，便是我。

他一言不发地紧攥钢笔，把书本划得"嘶嘶"脆响，眼里迸射出仇恨的火焰。短短两分钟的时间，他看了不下十次手表，每看一次，就回头窥视一下远远的校门口。仿佛，那里才是他现在该身处的地方。

铃声刚鸣，他便如新燕一般抢在众人之前夺门而去了。嘈杂的课桌碰

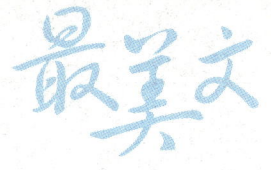

撞声中依稀传来几声咒骂:"赶着去死啊!"

我跟在他身后,好奇地想要追寻到他的网游"根据地"。要是真被我找到了,那么,我就有了他的把柄,往后跑腿的活儿便有人使唤了。

人头攒动的校门口,他踮起了脚尖奋力搜索,嘿嘿,看不出来,这小子早有团伙。

片刻后,他像发现了新大陆似的,焦急地拨开人群,朝一个静站不动的中年男人走去。那中年男人我曾与几个伙伴见过,经常与一群年纪相仿的人在离校不远的街道上倚凳而坐,脚下立个纸牌。具体上面写些什么,我未曾关注过。

"爸,咱们走吧!今天老师拖了下堂。"他挽着那中年男人,远远地脱离人群,朝对面的斑马线缓缓步去。

我满腹狐疑,直到午后骑车上学时,再看到那群中年男人,再看到那些纸牌,才恍然大悟。

"正宗盲人按摩,15元/次。"一列灰暗的纸牌上,大都如此写道。

那群紧闭双眼的男人,正坐在风尘滚滚的马路旁,等待着疲倦之人前来就座。

他的父亲,根本无法看到学校何时放学。只能用耳朵去听,那嘈杂之声的远近,那铃声响过的次数。

他兴许可以出来得更早一些。不过那样,他的父亲可能会知道,他在早退。

180秒,是跑完这段行程的最佳时间。它能让一位心怀大爱的儿子,在铃声响毕之后,从容地掩住因狂奔而造成的喘息,并力挽不见天日的父亲早早脱离危险而拥挤的人群。

多年之后,同学聚会,午后狂欢归来,在燥热的柏油路上,一位少女挽着自己的盲人父亲迎面横过街道。旁人无动于衷,独他一人双眼含泪,立在路旁急急令众让道。

所有人都不明白，他为何如此。可我却知道，有些爱，即便从不被天光衬射入眼，也照样完整地疯长于人世间。

（原载《考试报》2015年第31期）

每个人，可能在人生的某一个节点会有一个关于爱的秘密，像是流年里肆意疯长的水草。不想与人分享的原因大概是，这份爱的财富，只属于自己。

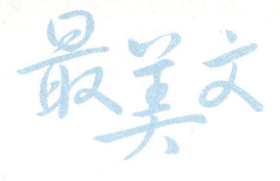

爱是一生的回味

文 / 程刚

平日若无真义气，临事休说生死交。

——施耐庵

埃托拉牧羊的时候捡到一只受伤的白眼獭，白眼獭惊恐万分，可根本无力逃脱，只能对着埃托拉嗷嗷叫……

猎犬围上去要征服这只白眼獭，可被埃托拉下令退了回去。他小心翼翼地靠近白眼獭，并将它轻轻抱起。白眼獭要挣扎，尖利的爪子划到了埃托拉，手背立即出现了一条血印。可他没有放弃，紧紧把它抱在怀里带到自己的窝棚里，喂它水，并拿来胡萝卜放在它的嘴边，然后静静地坐在一边看着它。埃托拉突然喜欢上了这个可爱的小动物，大大的眼睛，白色的眼边，全身黄色的毛……

埃托拉无微不至地照顾着白眼獭。一个星期后，白眼獭好了，渐渐对埃托拉产生了依赖。每天埃托拉牧羊回来，它都会在窝棚里大声叫，然后欢快地在它身边来回跑，它已经把埃托拉当成了亲人。

一天，埃托拉正在农场主家清点羊群，白眼獭跑过来，围在埃托拉身边不停地跑着。农场主夫人看见了，上前就要抱它，可白眼獭只认埃托拉。见农场主夫人上来，龇牙咧嘴地向着她叫起来，埃托拉赶紧抱起它离开了这里。

农场主夫人缠着埃托拉，要他把白眼獭送给她。埃托拉很难过，这个极通人性的家伙对他就像亲人一样，如今要送人，真是舍不得。可如果不给，他不久便会失去工作，没了工作，连胡萝卜都买不起。给了也好，给它更好的生活，埃托拉打定主意，第二天便把白眼獭送给了农场主夫人。

那天牧羊回来，埃托拉很想念这个小家伙，提出想看一看白眼獭，却被农场主夫人拒绝了。她嫌埃托拉身上脏，拒绝他进到屋里，埃托拉只能沮丧地离开了……

窝棚外忽然传来熟悉的叫声，是白眼獭，埃托拉赶紧起身拉开栅栏，白眼獭冲起来扑到他身上，他眼泪立刻流了下来。就在这时，农场主夫人带着几个人点着火把来寻找白眼獭，他立即放了它，让它快跑。可白眼獭趴在那里一动不动，它认为这里才是最安全的地方。

农场主夫人进到窝棚里，一眼就看了白眼獭，上前准备抱它，可白眼獭火了，一口将农场主夫人的手咬出鲜血。她吓晕了，几个人赶忙把她抬回家……

埃托拉知道白眼獭闯祸了，焦急万分，他准备去农场主家道歉。为了保住白眼獭，他想提出为农场主家放一年羊不要报酬。可他刚到门口，就听见农场主夫人在大声嚎叫，农场主不停地安慰着她，对她说："这个狗东西不想活了，夫人，它的皮毛可是上等的，如果用来做披肩那肯定美丽无比。""杀了它……"农场主夫人大声地说。

埃托拉吓坏了，一口气跑回家，连夜带着白眼獭进了深山。为了防止它回来，特意把它的眼睛蒙上，然后快速出山。

第二天天刚亮，农场主就带着仆人来到埃托拉家，逼他交出白眼獭。埃托拉对农场主说，它昨天晚上跑了，不知哪去了。农场主气急败坏，当即解雇了埃托拉，并要求埃托拉明天赔偿夫人的医药费。

埃托拉根本拿不出一分钱，当然逃不过农场主的暴打，从此，埃托拉再也没站起来……

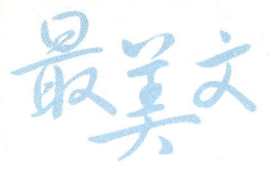

一个月过去了，农场主突然想起羊鞭还在埃托拉那里，他立即命人去取，并对仆人说："埃托拉估计早就饿死了，除了维塔老太太去看看他，否则没人关心他……现在应该是一堆白骨了，你看他家还有什么都拿过来。"

仆人回来了，急急忙忙报告说埃托拉还活着。农场主很吃惊，埃托拉被打得奄奄一息，怎么现在还能活着呢？他想亲自去看个究竟。他悄悄地摸进埃托拉家，突然有了巨大发现。

原来，白眼獭正在他的身边，他的身边放着许多野果和坚果，这个家伙还会照顾人，肯定是它天天给埃托拉送果子，埃托拉才保住了命。他惊喜万分，终于可以给夫人报仇了，可他一激动，碰倒了旁边的木桩，被埃托拉发觉，只好悻悻地回了家。

第二天，他带着所有仆人，并带上网子，发誓要把白眼獭抓到。可不想，就在这时远方出现了火光，那不是埃托拉的家吗？他们快步往那里跑，可到了那里，埃拉托的窝棚早已烧光了，只剩一具烧焦的尸体，远处有白眼獭痛苦的叫声。

此后几天，白眼獭痛苦的叫声一直持续着，无比凄凉……再后来，白眼獭隔上几天便会来到这片废墟前……直到有一天，它也死在了这里。

维塔大婶对别人说："埃托拉死前对她说，他死了，白眼獭就不会再来了，就不会被农场主杀了做披肩了。"可埃托拉怎么会想到，白眼獭竟然一直守着他，直到有一天，它也倒在了这里……

（原载《小小说月刊》（下半月）2015年第11期）

我们都是生在江湖的生物，仅凭一腔热血和义气，便成了对方一辈子的守护。在我看来，义气是很珍贵的东西！

三十六封信

文 / 柏俊龙

有时候,谎言很美丽,她的名字叫"善意的谎言"。

——米·露西·桑娜

他是山里唯一的邮递员,那条通往城市的小路,他一走便是整整二十年。二十年的风霜雨雪,坎坷苦难,都不曾让他更改回山的脚步。

他是第一个走出山里的孩子,山外的世界,让人望而却步,但又心生向往。每次回来,他都要和山里的孩子们说上一段动人的故事。他说,城市的楼房有云层那么高,那些人整天没事儿就在高楼顶上看云彩。城市的车流和松树上的蚂蚁一样,密密麻麻地躺了一地,在雨夜里一打开灯光,整个城市顿时就会从黑夜转为白昼。

其实,这些景状他都不曾见过。没人知道,他取信件的地址其实根本不在城市,仅仅只是附近的一个小镇。小镇上别说高楼和车水马龙,就连那些轰鸣的列车,都不曾在这里驻足,停下匆匆的脚步。

他读过两年书,于是,再虚幻的事物经他口里说出来,也总是那么有血有肉,活灵活现。孩子们听得痴了,都不去弹玻璃球了,都不去爬山了,托着腮帮,直愣愣地看着他唾沫横飞地说话。

每次都是同一个声音打断了他的谈话:"是送信的小王来了吗?快进屋来给我念念。"这句话一出,孩子们顿时就会像泄了气的皮球一样,瘫倒在

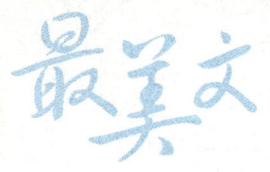

地。他们似乎知道,这句话就和评书先生们的那句"预知后事如何,且听下回分解"一样,意在宣布故事即将结束。

他一面扛起背包,一面亮着嗓门喊着:"大娘,别急,我就来了,就来了,有你的信件呐!"

屋里,是一位双眼失明的老太太,明晃晃的太阳照在她的身上,但她却丝毫感受不到光明。她摸索着要给他拿张凳子,却总是被他制止住了。他说:"大娘,别了,给你念信还是得庄重一些好,咱得学学城里的先生。"这话一说完,大娘就笑了:"不瞒你说,我儿子就在城里教书呢!"

她的孩子真在城里教书,不过,那是千里之外的大城市,不是他口中所说的小镇。他见过她的孩子,斯斯文文,戴个眼镜,说话轻言慢语,很是礼貌。只是,这些都是三年前的记忆了,细细算来,她的孩子已有整整三年不曾踏入山里。

她念子心切,无奈双目失明,不能爬上那漫漫的山路,不然她一定会挺直了脊梁,顺着大路去看看她的孩子。她总是静静地坐在门前晒太阳,听着门外的声音。只要是他来了,她总是第一个能听出来。

幸好她的孩子不曾将她忘记,总是每月按时给她寄来一封家书,还有一张崭新的百元大钞。她小心翼翼地摸索着撕开信件,将里面的百元大钞捏取出来,塞到衣服内里的布袋里,这才急切将信件递给他。

他像个懂事的孩子一样,毕恭毕敬地接过信件,逐字逐句地念过去。她的孩子真是忙啊,每次写的内容和问候都是一样。不过,这些已经足够。从她战栗的身体就能看出,她正在被深深地感动着。

三年就这么悄然而去了,三年后,老人撒手人寰。有人说,她临死前还安静地坐在那张木凳上,懒懒地晒着太阳,似乎是在等待着什么。村里终于决定去找寻她的孩子,将这个不幸的消息传达给他,让他来看看老人的遗体,磕几个响头。

村里的人真把整个小镇都找遍了,可就是找不到她孩子的踪影。最后，千辛万苦所得到的，竟是几年前，她的孩子已在车祸中丧生的消息。村里顿时掀起轩然大波，她的后事该如何处理？

他们终于想到了那些信件。无可非议，那一定是她孩子的配偶所写的，他们有必要按照有效的地址将他火速寻来。

他接到消息后，一面含着热泪，一面风尘仆仆地从外地赶了回来。他一语不发地站在旧日念信的位置，愣愣地看着那把陈旧的椅子。

村里人问他来信的地址，他不说，问他在什么取的信件，他也照旧不说。没办法，为了节省时间，村里人只好把老人的柜子给撬开了。暗沉沉的柜子底，平平整整地躺着三十六封没有地址的信件，还有三十六张崭新的百元大钞。

村里人疑惑了，没有邮寄地址，没有收信人地址，他是怎么送过来的呢？最后，他们不得不打开信件，追寻最后的线索。

散落一地的信封里，人们终于取出了三十六张相同模样的白纸。

（原载《语文周报》2014 年第 33 期）

一个善意的谎言，对于不需要的人来说，只是一个简单的欺骗；可是对于需要的人来说，有可能就是活下去的信念和勇气。善意的谎言，也是满满的爱呢。

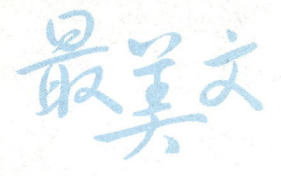

山路上的小伙子

文 / 何东

> 人应尊敬他自己,并应自视能配得上最高尚的东西。
>
> ——黑格尔

村里新建希望小学,特意把我们几个大学生请了回去,说是看能不能在开学典礼之后给学生们上几堂课。

当年,我和雷小虎是村里第一批走出去的大学生。当时家里贫困,别说念书,就连买张长途车票都困难。村长挨家挨户动员,走访,硬是给我们凑足了第一年的学费。

我和雷小虎二话没说就坐夜车赶回了村里,数学好得不能再好的雷小虎,后来学了金融贸易,据说在深圳当市场总监。我混的一般般,在湖南当个语文老师,闲暇时写点文章,换点稿酬。可村里不这么认为,硬说我和雷小虎一个是文学家,一个是数学家。因此,回村那天,山路上全都站满了报名读书的孩子和灰头土脸的乡亲。

十年没有回村,很多东西都已经陌生了。说惯了普通话,忽然转成地道方言,真有点别扭。村长一见我和雷小虎下车,赶忙上前来接笨重的行李。

一路上,噼里啪啦的鞭炮声和嘹亮的唢呐声掩盖了我和雷小虎的窃窃私语。

十年过去了，村里仍旧还是老样子。没有公路，没有企业，甚至没有自来水。当天晚上，雷小虎就因为水质问题闹了一夜肚子。噌噌噌起床，咚咚咚往厕所里跑，硬是折腾了一整晚。

后来，村长知道了这个事，大清早把土郎中带了过来。雷小虎吃了一把黑乎乎的山草药，很快便精神起来。

村长把我们带到地里，坐在田埂上，诚挚恳切地央求："你俩是村里第一批走出去的大学生，都在大城市工作，世面见得多，一定要多留些日子。好好给孩子们讲讲知识，说说外面的世界。"

"唉，出去十几个大学生，就只有你们俩愿意耽搁时间回来。"说完，年迈的村长用粗糙的大手擦擦眼泪，把旱烟抽得吧嗒吧嗒响。

怎不心酸？这些孩子都是乡亲们省吃俭用卖鸡卖米凑钱送出去的，如今，却没一个肯回来帮帮这些乡亲的孩子，想想都觉得心里压了块大石头。

开学典礼那天，村长硬让我和雷小虎上台说几句话。上课的时候，不但教室里坐满了天真的孩子，教室外面，也是站满了憨厚的乡亲。他们似乎都想知道，这大学生的课，到底有多好听。

因为学校设施简陋，所以房顶根本没有隔热层。三伏天气，没有风扇，没有空调，我和雷小虎一面写字，一面擦着满头的大汗。

虽说是乡里娃子，可到底是在城市习惯了，因此，一喝村里没有经过消毒的天然水就闹肚子。天气又热得不得了，不喝两口下去，感觉嘴唇都要裂开似的。

学校木工房的小伙子看出了我们的难处，因此提议给我们买些冰镇啤酒。他骑着单车刚要跑，我和雷小虎就把他给拦下了，硬往他兜里塞了二百块钱。他尴尬地笑笑："要是乡亲们知道我收你们钱，肯定会骂死我的。"

临行前他说："可能时间会久一点，因为村里没有啤酒卖，所以我只能去镇上买。等我回来！"我和雷小虎兴奋地点点头，似乎光明就在不远处。

木工房的小伙子一去就没再回来。第二天，我和雷小虎上完最后一节

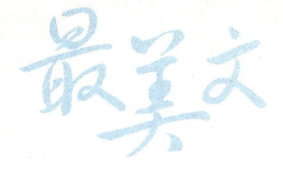

课，就收拾行李上了路。一路上，我和雷小虎还嘀咕："看来，这村里人也不实诚了，才二百块钱嘛，至于这样吗？"

村长一直把我们送到路口，转弯处，刚准备离别，木工房的小伙子就迎面推着几近报废的自行车跑了过来。气喘吁吁地说："二位老师，实在是对不住！昨晚山路太暗，没留神儿，一不小心骑到了山沟里。这不，单车坏了，啤酒瓶也碎了，我只能推车去镇上拉两箱回来……"

看着小伙子浑身泥泞和血迹未干的手臂，我和雷小虎忽然不知该说什么好。十几里的山路啊，他就这么独自一人顶着黑暗，推车拉着两箱啤酒跌跌跄跄地往回赶……

最后，这个固执的小伙子，硬是跟着我们，推着叮呤当啷的自行车把两箱啤酒送到了车站口。他一面把啤酒往汽车上搬，一面咧着嘴说："二位老师，天气燥热，要是渴了，就喝点冰啤酒。"

临行前，我攥住小伙子的手，告诉他："回去告诉乡亲们，以后每年我都会来村里上几堂课，让孩子们好好读书。"

他双手死死地抓住单车车把，眼里险些掉出泪花。

当他推车转身的一瞬间，我似乎又看到了十几里的漫漫山路。不过，那山路已不再黑暗，因为它充斥着无处不在的明媚和亘古不变的真情。

（原载《语文报》2013年第29期）

你可曾知道，你在别人的心里，是多么的完美和令他们骄傲。我们每个人都可以成为别人心中的英雄，多多留意那些稀罕你的人们吧，他们才是真正看得起你的人！

银行里的小男孩

文 /〔美〕菲利普·罗斯 庞启帆编译

人生如花，而爱便是花的蜜。

——莎士比亚

已经是午饭时间，储蓄所里只有一个职员在值班。那是一位大约40岁的黑人，紧贴头皮的头发，小胡子，整洁、笔挺的棕色西装。身上的每一处都暗示着，他是一位细心谨慎的人。

这位职员正站在柜台后面，柜台前站着一位白人男孩，黄棕色的头发，穿着一件V字领的毛线衣，一条卡其裤和一双平底鞋。我想我特别注意他是因为他看起来更像一位初中生，而不是一位银行的顾客。

他手上拿着一本打开的存折，脸上写满了沮丧的表情。"但是我不明白。"他对银行职员说，"我自己开的账户，为什么我不能取钱？"

"我已经向你解释过了。"职员对他说，"没有父母的信函，一个14岁的小孩不能自己取钱。"

"但这似乎不公平，"男孩说，他的声音有点颤抖，"这是我的钱，我把钱存进去，这是我的存折。"

"我知道是你的存折。"职员说，"但规定就是那样，现在需要我再讲一遍吗？"

他转身对我微笑了一下，"先生，您需要办理什么业务？"

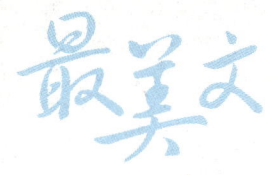

"我本来想开一个新账户,但是看到在这里刚刚发生的一幕后,我改变了主意。"我说。"为什么?"他说。

"就因为你说的话。"我说,"如果我理解得没错的话,您刚才的意思是说,这个孩子已经够年龄把钱存入你们的银行,却不够年龄取出他的钱。如果无法证明他的钱或者他的存折有任何问题的话,那么银行的规定的确太可笑了。"

"对你来说也许可笑,"他的声音稍微提高了一点,似乎有点生气了,"但这是银行的规定,除了遵守规定,我没有别的选择。"

在我跟银行职员辩论的时候,男孩满怀希望地紧挨着我,但最终我也无能为力。突然我注意到,在他手上紧抓着的那本打开的存折上显示只有100美元的结余。存折上面还显示曾进行过多次小额的存款和取款。

我想我反驳的机会来了。

"孩子,以前你自己取过钱吗?"我问男孩。

"取过。"他说。

我一笑,转问银行职员:"你怎么解释这个?为什么你以前让他取钱,现在不让呢?"

他看起来发火了,"因为以前我们不知道他的年龄,现在知道了,就这么简单。"我转身对男孩耸耸肩,然后说道:"你真的被骗了,你应该让你的父母到这里来,向他们提出抗议。"

男孩看起来完全失望了,沉默了一会儿,他把存折放进背包,然后离开了银行。

银行职员透过玻璃门看着男孩的背影消失在街道的拐角,转身对我说道:"先生,你真的不应该从中插一杠。"

"我不应该插一杠?"我大声说道,"就你们那些该死的规定,难道他不需要一个人来保护他的利益吗?"

"有人正在保护他的利益。"他平静地说。

"那么这个人是谁呢？"

"银行。"

我无法相信这个白痴居然会这样说，"瞧，"我揶揄道，"我们只是在浪费彼此的时间，但你也许愿意跟我解释解释银行是如何保护那个孩子的利益的。"

"当然，"他说道，"今天早上我们得到消息，街上的一帮流氓已经勒索这个孩子一个多月了。那帮混蛋强迫他每周取一次钱给他们，显然，那个可怜的孩子由于太过害怕而没有把这件事告诉任何人。那才是他为什么如此烦恼的原因。取不到钱，他害怕那些流氓会打他，不过警察已经知道这件事了，今天他们也许就会实施抓捕行动。"

"你的意思是说根本没有年龄太小而不能取钱的规定？"

"我从没听说过这个规定。现在，先生，你还需要开户吗？"

（原载《意林》（少年版）2012年第21期）

愿我们所处的这个世界，多一点这样的爱。公开的爱和隐私的爱都不重要，重要的是，我们始终觉得自己是被保护着的。

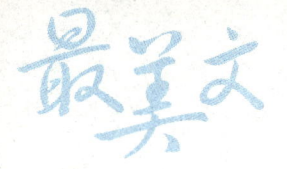

情敌与上帝

文／凤凰

爱就是充实了的生命，正如盛满了酒的酒杯。

——泰戈尔

丹尼尔是一位户外运动爱好者，每年都要参加十几次户外运动，有时他与别人一起，但更多的时候他是一个人去。他觉得，一个人去搞户外运动更刺激。可是自从结识安娜后，丹尼尔却再也没有搞过户外运动，因为他怕自己出意外，他也不想让安娜为他担心。可没想到的是，有一天，安娜却让丹尼尔带她去参加户外运动。丹尼尔见安娜喜欢户外运动，吃了一惊，他想，安娜难道是为了我才爱上户外运动？

为了玩得更开心，丹尼尔和安娜决定就他们两人前往，不再与别人组团。安娜说她最喜欢雪，她想去爬雪山，丹尼尔同意了。一座海拔五千米的雪山，位于城市东部，他们驱车前往。在山脚，丹尼尔停好车，带上装备，以及足够的食物，然后就拉着安娜往山上走去。在此之前，他就与别人爬过这座山，他知道这座山很危险，就没有到山顶。他想，这次有了安娜，更不可能爬上去，到时候，安娜就会知难而退。

其实，丹尼尔根本就没有信心爬这座雪山，但安娜愿意，他只好陪着她，他所做的一切，只想让安娜开心。只要安娜开心，他愿意做一切，包括付出自己的生命。在此之前，丹尼尔虽然喜欢刺激，但他特别在乎生命，他总是知难而退，所以，别人上过这座雪山，他却在快要到达山顶的时候放弃了。可是现在，他觉得，他的生命是属于安娜的。原来，爱一个人，自己就不再重要了，自己的一切就都属于对方了。

丹尼尔带着安娜，走着那些熟悉的道路，可是在心里，他还是暗暗担心，怕出意外。倒是从没爬过雪山的安娜，根本无所畏惧，一路上说说笑笑。见安娜如此开心，丹尼尔根本没法开口劝她下山，他想，就让自己把所有的痛苦都承担起来吧。虽然上山的道路丹尼尔走过好几次，但是这一次，他却无比小心，他不允许自己有任何闪失。他可以不担心自己，但却不能不担心安娜。这一次，他比哪一次都更在乎生命。

第二天，天上飘起了雪花，安娜无比开心，她觉得这更加刺激了。丹尼尔却建议下山，说下雪了，很危险。可是此时的安娜哪里肯听他劝说，相反，她还挣脱了丹尼尔的手，勇敢地走在了前面。甚至说要是丹尼尔不肯陪她上山，那他就下山去吧，她一个人也要上山。见安娜如此固执，丹尼尔只好叹息，只好跟在了安娜身后。雪越下越大，风越刮越猛，上山的道路，越来越难走。此时，丹尼尔的心揪得紧紧的。

意外终于发生了，安娜突然一个趔趄，眼看就要摔倒，丹尼尔赶紧上前扶她。刚把安娜扶稳，丹尼尔自己却跌倒了，他不但受了伤，而且更糟糕的是，他身上的包滚落了，一直向山下滚去。安娜见此惊得张大了嘴巴，丹尼尔却说自己没事，可是他努力了好几次却没能爬起来。安娜要上前扶他，他连忙摇了摇头，他发现，自己的腿已经断了。现在，他们又没法与山下取得联系，他们只能坐着等待有人上山。

可是，这样的雪天，又有谁会上山呢？即使是最爱寻求刺激的人，也不可能在这种天气上山。坐着，只能等来死神；下山吧，可丹尼尔不行。他急得不行，他看到安娜盯着他，已经流下了泪水。终于，安娜对他说道："丹尼尔，对不起！这都怪我，都怪我！"丹尼尔笑了笑，说道："其实，这不怪你！我陪你上山，并没有安好心，我是想让你死在这山上，因为我

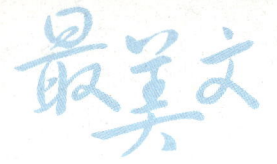

已经爱上了蒂芬妮！"

安娜听了大吃一惊，她明白了：丹尼尔真的是想让她死在这山上，他爬过这座山知道危险，却不阻止她爬山，反而陪她上山，不就是想让她死在这山上吗？到时候，他还可以把罪责推脱得一干二净。这时，丹尼尔又说："其实，刚才我并不是想真心扶你。我扶你的时候，打算把你推倒，让你滚下山去。可惜啊可惜，人算不如天算，最后，倒霉的人却是我自己！"安娜又是大吃一惊：好险！好阴险的丹尼尔！

安娜看了一眼丹尼尔，说道："那你就在这里等死吧！"然后，她独自下山去了。上山难，下山更难，一路上，安娜都想着报仇，丹尼尔罪有应得。那么蒂芬妮呢，安娜当然不会放过：她可是自己的情敌！一想到情敌，安娜就振奋。下山后，安娜找到蒂芬妮，把丹尼尔的噩耗告诉了她。安娜想，这个打击对于蒂芬妮，绝对够大。看着幸灾乐祸的安娜，蒂芬妮却拿出一封信来，对她说道："你好好看看吧！"

安娜接过信，那是丹尼尔的笔迹：亲爱的安娜，当你看到这封信的时候，说明你已经安全了。户外运动，固然刺激，但也万分惊险。有了你，我不想再寻求刺激了，可你却爱上了户外运动。我担心出意外，于是把这封信交给了蒂芬妮，让她充当一回你的情敌。我想当我遇到危险，你舍不得抛弃我的时候，或者当你遇到危险的时候，有了情敌，你才会独自迎向未来……还没看完信，安娜就用双手捂住了脸……

（原载《晚报文萃》2015年10期）

人们经常犯的错误是，把别人的爱当成是报复时机的来临。

直到后来，才发现自己一直处在被爱的光环里。

母爱是最暖的阳光

文 / 凤凰

在孩子们的口头心里,母亲就是上帝的名字。

——萨克雷

她坐在街边,满脸憔悴,她的面前,放着一个搪瓷碗,旁边是一个小男孩。小男孩缩成一团,眼睛骨碌碌直转,盯着行人,满含期待。

她是在乞讨,小男孩得了疾病,需要一大笔钱。她没有那么多钱,为了小男孩,她只好放下自己的尊严到街头来乞讨。她希望善良的人们能帮助她和小男孩。

她可怜,小男孩也可怜,人们走到他们身边,看看他们就掏出钱包将纸币放进她面前的搪瓷碗里。尽管有那么多人伸出了他们的手,可是那些钱远远不够小男孩的医药费,她不得不天天带着小男孩来到街头乞讨。

每天,她只吃馒头就冷水,小男孩吃包子喝牛奶。每天晚上,他们住在桥洞里,拥抱着睡上一夜。尽管他们省钱,再省钱,可是她每天乞讨的收入还是非常有限。看着可怜的小男孩,她泪流满面。

再次到街头行乞,她改变了策略,她在旁边立了一块纸牌,上面说她并不是小男孩的母亲,小男孩是她捡来的,他太可怜,她要救他,希望大家都来帮帮他们。

她以为这样人们便会更加同情他们,会给他们更多的钱。可没想到的是,人们说她没有那么善良,不可能这么诚心地救别人的孩子。人们还说

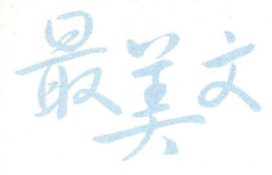

　　她是骗子，说她拿自己的孩子来骗钱。人们给予她冷眼、唾沫，她忍了。可是一天下来，她面前的搪瓷碗却空无一文，她终于忍不住抱着小男孩痛哭起来。她对小男孩说，别灰心，妈会救你！妈会救你！

　　小男孩被他的父母抛弃，现在，只有她肯放下自己的尊严来救他，她就是他的母亲，是他唯一的亲人，唯一的依靠。小男孩抹着她的泪水，含着泪说，妈，别哭！我们不乞讨了，我不要你救我，我要你好好过日子！

　　听了小男孩这话，她的泪水更加汹涌，她在心里告诉自己，一定要救他。哪怕受再多的苦，她也不会放弃。

　　此后的每天，她依旧天天带着小男孩到街头行乞。每天，她都得到不少冷眼和唾沫，虽然如此，她却没有对任何人生气，她也没有放弃。她知道，只有坚持，才能救小男孩。

　　好在，还是有人相信她是好人，相信她这一切都是为了救小男孩。他们给她钱，还有人打电话到报社报料，希望报社多多宣传她和小男孩，让更多的人来帮助他们。

　　记者一来，她就将一切都原原本本地告诉了记者。记者感动了，拍了照，回去后，记者写了稿子。第二天，关于她和小男孩的稿子就在报纸上刊登了。

　　看了这篇稿子的人，都感动了，于是都上街来给她钱，有人还因自己曾经对她的冷眼和唾骂向她表示歉意。看着搪瓷碗里满满当当的钱，她含着泪笑了，不住地给好心的人们磕头表示感谢。

　　这天，她和小男孩来到街头，一对夫妇走到他们面前。这对夫妇伸手去摸小男孩，小男孩却躲向一边，不让他们摸。她急了，赶紧叫这对夫妇别摸他。

　　这对夫妇却对她说他是他们的孩子，他们是来带走他的。她看着这对夫妇，问小男孩，他们真的是你的爸爸妈妈吗？小男孩说，以前是，但现在不是了，是他们抛弃了我！

　　这对夫妇流着泪说，孩子，对不起！是爸爸妈妈不好，爸爸妈妈错了，你就跟我们回去吧，我们会救你！她问这对夫妇，你们真的打算救他？这对夫妇点着头说，我们是真的要救他。以前，我们抛弃他，是我们不对！现在，我们看到你，一个与他毫无关系的人都肯伸出自己的手来救他，我们心里就充满愧疚。你为他所做的一切，简直就像是他的母亲！说着，这对夫妇泪如雨下。

她看着这对悔恨交加的夫妇，知道他们是诚心诚意要救小男孩的，于是她便劝说小男孩跟他们回家。最终，小男孩答应了。然后，她将这些日子讨来的所有积蓄都交给了这对夫妇，她还对他们说，你们快救他吧！钱不够的话，我再想办法。以后，我还会在街上乞讨……这对夫妇握住她的手，含着泪说，好姐姐，我们有钱救他，您就别操心了……

这对夫妇很有钱，他们将小男孩送进医院治疗，小男孩获得了新生。在小男孩出院那天，她又送他一笔钱。那是她这些日子讨来的，她希望他拿去买喜欢的东西。这对有钱的夫妇面对如此善良的她再一次感动了，女人从提包里掏出厚厚的一沓钞票要给她，她拒绝了。小男孩抓过钱，也要塞给她，她还是拒绝。然后，她转身跑掉了。从此，她在这座城市里消失了，尽管这对夫妇在报纸上登了寻人启事，却一无所获。

然而，这座城市里的人在路过她曾坐过的街头的时候，都会不由自主地想起她。人们都说她是这座城市的太阳，是她温暖了这座城市。后来的某一天，在她坐过的街头立起了她的雕像。人们将永远记住这样一位母亲。

（原载《考试报》2014年第8期）

在这世上没有比母亲的爱更美好、更深沉、更无私、更真切的了！

第四辑

他的列车，开往地老天荒

在享受爱的欢愉时，她忘了如何去实现自己来世一遭的真正意义。她和许多尘俗女子一般，都不明白，真爱你的人，很多时候，只能到这里了。

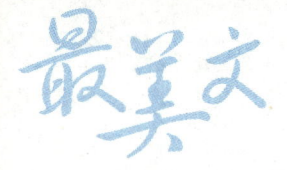

要对有些爱不以为然

文 / 何东

爱情使人心的憧憬升华到至善之境。

—— 但丁

与他相遇之时，她初念高一。穿一袭洁白的连衣裙，扎着高高的马尾，怀抱两本书从宿舍出来，低头急急穿过篮球场。和其他同龄的女孩一样，她羞涩，矜持，不敢抬头看那些男孩裸露着膀子，如雨的汗水。

忽然，一个模糊的物体从她的头顶略过，重重地砸到了几步之前的地面上，旋即弹起。这一幕，把瘦弱的她给吓坏了，直直地站在那儿。正当她不知所措时，一个高大的男孩跃身抱住了它，汗水淋漓的脸上堆满歉意的微笑。

这个情节怎会如此熟悉？原来，方才正于书中读到。况且，如此老套的写法，在那个时代的言情小说里比比皆是。

后来，她在篮球赛上通过朋友介绍认识了他，刚碰面，双方就哑然失笑了。"两耳不闻窗外事，一心只读圣贤书"的她显然不知，他便是学校传闻里的"篮球王子"。的确，他的动作迅速，身手矫健，并且，长得颇为清秀，与她在书中读到的"白面书生"一般相似。

他向她初次表白的时候，硬把腼腆的她吓了一跳。尽管她对他并非心存厌恶，可年纪尚轻，她又如此看重学业，怎可能因此犯险？况且，她心里已早有人居。那个大她三届，能写一手好文章的男孩，已把她的心悄然带走了。

她没想到，他对她的喜欢，整整保留了三年。三年里，他读了无数的书，写了无数首诗。她刚欲对他答复，录取通知书就下来了，两人鬼使神差地被分隔两地。用火车来算，那该是十几个小时的距离。

每临节假，他总会异常节俭一段时日，省出路费，越十几个小时的山水去看她，这令她实为感动。

如此艰难地爱了两年后，他忽然有些疲惫了，因为身旁出现了一位东北女孩。讲好听的普通话，说很好的英文，体贴至极。后者，比起她一如既往的冷漠的确是胜了一筹。果然，他心动了。

当他们在校园里第一次牵手时，就有人告诉了她。他不知道，他的学校里，有几个她的老同学也在其中。那夜，他们吵得不可开交，电话那头，她哭得让人心疼。尽管她知道，他们之间刚开始，并没有发生什么。可爱情这东西，谁能容忍它被残忍割裂，并与人分享？

他不知道，这两年的时光里，有多少男孩给她写过信，打过电话，可都被她一一拒绝了。原因很简单，她的心，已被他从那个能写一手好文章的男孩手中夺了回来，默默随他而去了。

他终于做出了选择，还是与初始的她在一起。他安慰道，这个事，在生命里迟早是要出现的，幸好它出现在了婚前，让我意识到了你的重要性，并懂得如何珍惜你。为他这话，她把所有的恨意全然放下，继续着心中那份小心翼翼的爱情。

可她无论再怎么努力，终究还是无法释然。每当电视里一说"东北"这两个字，或者是其中一个地名，甚至一件小事，都会让她联想到自己的爱情，进而伤感不已。挣扎了许久之后，她提出了分手。电话那头，他愧疚得像个孩子一般，号啕大哭起来。

多年以后，他们各自有了各自的家庭。这段曾经遭受磨难的爱情也已淡然平息，几近云散。她很爱自己的丈夫，而丈夫也全然知道，她之前曾深爱过两个男子。

一生中，她完整地经历了三次爱情，可后者，却对之前的两次毫不在乎。她原本以为，这是丈夫的度量，宽容了她。可慢慢明白，这是他经营爱情的一种方式。如此睿智的他，用这种不动声色的忽视，换来了两个人的美满幸福，以及爱情。

一生中，我们不知要经历几次爱情，而真正能幸福的，往往只有一次。那么，我们就该学会用经营的理念来把握自己的幸福。在得到真爱的同时，还要学会对某些微存干扰的爱情不以为然。

（原载《语文报》2015年第6期）

> 我们要经历无数次爱恨，才能真正明白爱是什么。好好珍惜那些疯狂的时光吧。愿你到岁月最后，能够坦然地说：那些男孩教会我生活，那些女孩教会我爱！

原谅我不能再爱你

文 / 郭紫雯

世界上有一种最动听的声音，那便是母亲的呼唤。

——但丁

第一天　晴

清晨，我整理好了所有行李，买了车票，直奔康定。

车至中途，手机闪出了一串陌生的号码。只是一秒，我就按下了挂机键，我不容许任何人打扰我的勃勃兴致。

接着，这串号码就这么闪闪烁烁地跳跃在我的手机里。第五次，我极不耐烦地按下了绿色的接听键，我尚且还没发火，听筒那边就传来了惹人哀怜的哭泣声。

此刻，对于我来说，她不过是个素未谋面的陌生女人。的确，我不认识她，甚至从来没有听过她的名字。

她恳求我回去，帮忙写一封信给你。她说，你最爱我写的文字，每次只要广播里朗诵我的文章，你都会兴奋不已。

你虽然是我众多读者中的一员，可是，多么遗憾，生在同城，我竟不认识你。

正当我犹豫是否该回去时，电话里忽然冒出了一个男人的声音，开

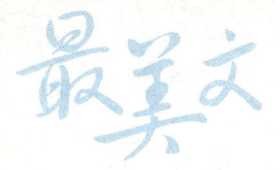

花,回来吧,这也许是她生前最后一个愿望了。

我熟悉他的声音,他是市广播电台里的男主持,经常找我约稿,怪不得她会有我的电话。

中途下车,只为赶回去了却她的心愿,谁忍心拒绝一个将死之人的恳求?

下午三点十三分,我在医院的病床上见到了她的真容。病房里站满了当地的媒体工作者,窗前放着水果和鲜花。惨白的床单与嫣红的花瓣形成了刺眼的对比,像这奄奄一息的短暂热闹。

她挣扎着想要起身迎接我,被我快步上前制止了。她形如枯槁,面色蜡黄,看一眼都使人心底发酸。

你是她唯一的儿子,也是我忠实的读者,今年十七岁。她现在只想借我的双手,写一封信给你。这是我此刻仅知的一些关于你和她的事情。

第二天 小雨

为了显出我的诚意,我特意去中学门口买了一沓彩色信纸。

她倚在窗前看雨,背朝房门,对我的到来毫无察觉。相比昨天,她的精神好了很多。

摊开信纸,她絮絮叨叨地开始回忆关于你的往事。我问她,这些要不要写下来,她郑重其事地说,要写,要写,不写你都会忘记的。

儿子,那年你不过七岁,尚且不明白爱情到底是什么东西。你爸卷着家里所有的积蓄和另外一个女人远走高飞的时候,你正在大院里拨弄破旧的玩具小卡车。

我站在门口的洋槐树下哭喊,崽啊,你爸要走啦!你抬头看看我,继而又埋下头去,捣鼓手里的小卡车。

我心如死灰,万念俱灰,山盟海誓的爱情,就这么眼睁睁地甩我而去了。我没办法,我只能把所有的悔恨和怒气全部撒向你。

巴掌像大雨一样落在你的身上。你一面哭，一面说，妈，你要是不喜欢我玩小卡车，那我以后就再也不玩小卡车了，再也不玩小卡车了！

那一刻，我把你抱在怀里，哭得天昏地暗。我忘了你是我儿子，竟哽咽着告诉你，他不要我了，跟别的女人跑了。

你拍拍我的肩膀，凑在我耳边跟我说，妈妈，妈妈，别害怕，你还有我呢！我永远都不会不要你！

因为你这番话，我哭得更厉害了。

第三天　阴

为了以后的生活，第二年，我去复烤厂做了小工。因为上班时间太紧的缘故，我再也不能接你回家。

下午五点，我知道你放学了。儿子，对不起，我不能去接你。此刻，我正扛着一袋八十斤重的烟筒往车上跑。

一袋两毛钱。我算过，每天扛三十袋，只要十天，我就能给你买个新书包。

我没想到，你竟会独自一人从学校跑来看我。复烤厂的大门有保安，他们不让你进去。于是，你站在门口一直等。

晚上八点，我风尘仆仆地推着三轮车刚出来，就看到了路灯下的你。你知道么？我有多担心。从你们学校到复烤厂，足足五公里。那么多的车，那么多的人，那么多不可预料的危险。你要是出什么事，我该怎么办？

我刚想对你发脾气，你就笑着朝我跑来了，还把双手神秘兮兮地背在身后，让我猜里面到底攥着什么。

累了一天，我哪有心情？我板着脸，径直往前走。你跑上来，拦住我的去路，并恭恭敬敬地把两枚大红苹果递给我。

妈，今天六一节，学校给每个小朋友都发了个大苹果。我不喜欢吃，

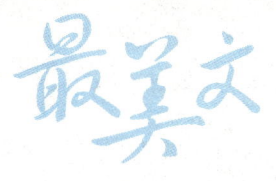

所以给你吃！

儿子，你是妈生的，妈还不了解你么？你最爱吃的就是苹果。以前你爸在的时候，你每次上街都吵着嚷着要大苹果。你不吃，是舍不得，妈知道。

我没哭，因为我在你的作文本上看到过，你说你最怕看见妈妈的眼泪。

六一节？不是只发一个么？那你怎么会有两个苹果？你偷人家的？我瞪大了眼睛看着你。

没有，没有，妈妈你误会了。坐我前排的小胖，他被老师罚扫教室，没人帮他，我就去帮他啦。结果，扫完之后，他就把他自己的那个苹果送给了我。妈妈你是知道的，碰上这种情况，不收不行，况且，你都两月没吃过水果了。

那两枚苹果，我至今都还放在抽屉里。

第四天　晴

不知不觉，我已在复烤厂干了整整两年。转眼，你就十岁了。

每天放学你都会跑来这里默默等我，你和门口的保安早已混得很熟。为了不耽误学业，一到门口，你就会很自觉地摊开书本，坐在花坛上写家庭作业。

保安们被你感动了，说从来没有见过你那么懂事的孩子。于是，破例让你进门，并允许你去保安室的办公桌上写作业。

也是因为这样，你才会有机会看到我工作时的狼狈模样。

当我扛着八十斤重的烟筒踉踉跄跄地跑出仓库时，你恰巧从男厕所里出来。我没看到你，我只能弯着头，一袋一袋地数着背。有几次，腿软得差点跪下，但一想你正在门口笑眯眯地等我回家，又忽然有了气力。

我得早点搬完这三十袋出去见你，我不能让你等得太久。

一切都被你看到了。回家的路上，你执意要我坐在三轮车的车斗里，你说以后都是你载我。我笑了，儿子，你才十岁，你能载得动我么？

上坡的那条小路，你蹬了上去，又退了回来。我说，崽，坐着，让我来吧。你不肯，你说我累了一天了，不能再辛苦。

最后，你不蹬了，直接把车连我一起推上了大坡。儿子，看着你一路大汗淋漓却又无怨无悔地推着，我心里真是有种说不出的难过。

你才十岁，这个年纪，你本该享受妈妈的溺爱和无忧无虑的童年，可我，却让你受了那么多苦。

后来，你听说拣饮料瓶可以赚钱，便恳求班里的同学把喝完的饮料瓶都给你。你攒了一段时间之后，卖了出去，赚了九块八毛钱。

那夜，你蹑手蹑脚地走进我的房门，并把那九块八毛钱悄悄装进了我的上衣口袋。儿子，你知道么？其实，我根本没睡着。

凌晨，我偷偷去看你，手里攥着你给我的那九块八毛钱。

桌上放着你昨晚写下的日记。我才看到其中一句，就掩面逃了出去。

你说，从今天起，你再也不会让妈妈受任何委屈。

第五天　晴

你上中学之后，家里的负担更重了。为了帮我减轻负担，你把课余的所有时间都用去拣塑料瓶，故此，成绩下降得特别厉害。

老师找我谈话，问我是否对你疏于管教。你说没有。老师接着问，要是没有，为什么你的成绩会下降得那么厉害。你说，你是不是把时间都用去拣塑料瓶了？

我气坏了，几乎想都没想，就朝你脸上挥了一巴掌。说！为什么你有书不好好读，偏要去拣塑料瓶？

你哭了，捂着脸说，妈，我只是想给你买一件像样的新衣服。

儿子，我该对你说点什么好呢？是责骂你呢？还是好好抱抱你？你

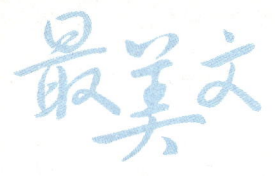

看，你都和我一样高了。

你一直没有告诉我，你经常腿疼得厉害。你知道家里没钱，所以每次感冒你都只吃廉价药，并且告诉我，老师说了，昂贵药里的抗生素多，对身体不好。

体育课上的突然昏厥，致使你再也隐瞒不了腿疼的实情。

检查报告出来的那天，我蹲在医院的厕所里哭了整整一下午。儿子，我最最亲爱的好儿子，妈妈不能给你一个富足的生活也就算了，可为什么，妈妈连一个健康的身体都不能给你呢？

我真恨自己，甚至想过去死，可一想到孤苦伶仃的你，就马上打消了这个念头。不管贫穷还是富有，健康还是疾病，妈妈都应该不离不弃地陪着你。

医生说，白血病虽然存活的概率很低，但不是代表没有。

为了这十万分之一的希望，我决定把破旧的房子和叮当乱响的三轮车卖出去。

你不允许我这样做。你说无论如何，我都得好好活下去，如果把房子都卖了，那么，你走也会走得不安心。

病房里的很多人都知道了你的故事。

接着，当地媒体找到了我们。

在热心市民的帮助下，我凑足了你的第一笔手术费。就在曙光微微朝我招手的时候，你却狠心抛下了我。

你在最后的遗言里写道，妈妈，对不起，我不想再拖累你。我知道，我好不了了，我不想再这么眼睁睁地看着你为我操劳。妈妈，手术费你留着吧，一定要好好活下去，因为，我会一直在天堂看着你！

虽然，你在生命的最后一刻，仍然挂着笑容，可我还是无法原谅自己。给了你生命，却又不能完完整整地好好爱你。

第六天　晴

天气很好,和我第一次见她一样。

这些天,她一直在断断续续地告诉我那些关于你的动人故事。

医生说,她的时间不多了。

我捧着彩色信纸又去见她的时候,病房已经空无一物。

手术失败,回天乏术。其实,你走之后,她便已经心死。哀至如此,什么药物均属无用。

她把角膜捐给了另外一个孩子。那孩子和你同岁,今年十七。他有着与你同样乌黑的头发和修长的手指。

你母亲昨天还给我留了一些话,我现在补进信里,转投给你。希望你一切安好。

儿子,原谅我没有听你的话,原谅我不能再爱你。

如果有一天,你收到一封给你的信,要记得来天堂的门口接我。没有眼睛,妈妈找不到你所在的路。

(原载《恋爱婚姻家庭》(青春)2012 年第 10 期)

爱子心无尽,归家喜及辰;寒衣针线密,家信墨痕新;见面怜清瘦,呼儿问苦辛;低徊愧人子,不敢叹风尘。

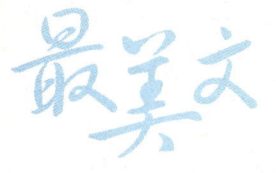

我的父亲在流汗

文 / 王万龙

父亲的德行是儿子最好的遗产。

——塞万提斯

在我童年的记忆里,有那么一位不同寻常的男孩儿。他很少与我们玩乐,只顾着安静思考问题。老师曾悄悄告诉我们,他患有严重的自闭症。当然,我不清楚自闭症是种什么疾病,只是恍惚明白,那是一种不爱说话的毛病。

不过,他的成绩一直很是优异,这点,不得不让我们心生叹服。每次考试过后,母亲总是会拿着惨白的成绩单,碎碎地指着他的名字唠叨:"这是谁家的孩子?真是懂事,老是考第一!"每每听到此话,我都忍不住暗自愤慨,到底谁才是她的孩子?

由此,我与他结下了莫名的仇怨。我以为,这光是我一人的想法,后来在一次坏学生联盟中,我才发现,原来在这个小小的校园内,他竟无缘无故地结下了那么多仇家。

我们盘算着,要好好报复他一下。当然,我们是很有计划性的。譬如,在行动之前,派人好好地打探了一下他家庭背景。万一,他的父亲或是母亲就在学校教书的话,我们便不敢轻举妄动了。排除这个可能的话,计划就可顺利进行。

调查结果显示，不详。没有人知道他的父母是做什么的，位于何处，这给了我们一个很大的潜在的威胁。没有人愿意做带头羊。

这个原本轰轰烈烈的报复计划，就这般悄无声息地无疾而终了。很多天后，老师布置了一项任务——上交最让你感动的一句话。

很多人从书上抄了。我清楚地记得，我也抄了，用精美的钢笔，从《全国优秀作文选》上工工整整地抄了一大段。

他没有抄，看得出来，他交的是张纸条。几乎每个同学都因他纸条上的内容疯狂发笑，他说，我的父亲在流汗。

我站在讲台上，晃悠着他的纸条说，我们大家都来改一个吧，你改个我的父亲在小便！我改个我的父亲在要饭！哈哈，押韵又工整。最后，意想不到的事情发生了，一向性格温和，寡言少语的他，第一次发了火。

教室里，鸦雀无声。他跨过走道，将已被众人扯碎的纸片拾拣起来，一言不发。我永远记得那个忧伤的神情，像一朵在春天凋零的山花。

那段不知所云的话，竟然得了最高分！几乎所有人都愤怒了，为老师的不公而呐喊。他没有做任何解释，老师亦没有。

很多个日夜后，我从一所三流大学毕业，因苦苦找不到工作，不得不跟随舅舅到工地上干苦力。汗流浃背的生活让我对童年的悠闲无比向往，我时刻在追忆年幼的时光。

烈日下，搬着砖块，舅舅含泪说，小弟老是不吃早餐，给他的零花钱也舍不得用，舅妈每次洗衣服，都能从他的口袋里搜出叠放齐整的钱来。我问，干嘛不吃，这可不是一个好习惯啊！舅舅你得督促他，他现在正是长身体的时候呢！

岂料，他却哽咽了，说小弟说了，他挣钱不容易，花着心疼。顿时，在一旁搅拌砂浆的我，想起了多年前的那个仇家。那句，我的父亲在流汗。

想想，当时调查不详的他的父亲，大概与我现在是同一职业吧？也

只有这类职业,才能刻苦铭心地让小弟,让他早早懂得生活的艰辛。懂得在虚度时光之时,刻刻怀想那位正在天地间为你无怨无悔,默默流汗的老父亲。

(原载《青年文摘》(彩版)2009年第11期)

每一次颓废的时候,每一次准备放弃的时候,我们总能想起些什么,然后毅然站立起来,告诉自己再拼一次!父母一直在为你奋斗,你有什么理由不坚强?

阳光的布衣

文 / 郭紫雯

稚子牵衣问：归来何太迟？共谁争岁月，赢得鬓边丝？

——杜牧

记忆中的芦苇再次被夏天的暖风吹得东倒西歪。

十岁那年，父亲用笨重的三轮车载着我去田野里施肥。七月的风，吹得茂密的秧苗在碧蓝的天际下泛起一层层浪涛。父亲将我放在田埂上，再三叮嘱我不能乱跑，不能乱动。对于一个尚处童年的调皮孩子来说，这无异于画地为牢。

我坐在葱绿的田埂上，一遍又一遍喊问佝偻在天地间的父亲："爸，好了吗？你还要多久？河里的鱼都跑光啦！"

我之所以愿意抛弃那些天真的玩伴，跟随父亲来到这里，全然是为了河中的游鱼。父亲明白我的用心，很早便收工上了田埂。

我沿着河岸，肆无忌惮地奔跑，夏日的明媚如同流水一般清洗我的身体，却不留丝毫痕迹。我的快乐，像无处不在的时光，永远留在了十岁的夏天里。

鱼儿像是知道我的动向，任凭我如何努力，绞尽脑汁，它们都能从

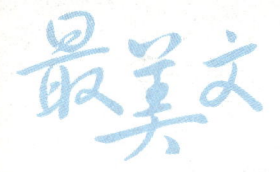

我的手缝里，脚趾间毫无顾忌地逃去。十岁的孩子，终于失却了原有的耐性，他蓄着心中的一团愤然怒火，大步流星地朝无法预料的河中走去。

父亲的呼声无法改变我最终掉落深渊的结局，我在冰凉的河水中挣扎扑腾，渴望找到一棵结实的水草，或者一根充满浮力的木棍。

没有边际的黑暗使我在顷刻间觉察到死亡的恐惧，带着腥味的流水毫不留情地灌进我的鼻孔。大脑瞬时停止了工作，连空白和回忆的功能都丧失得无踪无影。

我永远记得父亲将我抱起的那一刻。一个孩子的任性和妄为，终于在一个流光盛放的夏天里，被突如其来的死亡和恐惧击毙。我一面咳嗽嗷嗬，一面紧紧搂住父亲的肩膀，不愿松开。求生的本能让我觉得他就是一棵结实的水草，一根充满浮力的木棍。

他隐住一切严肃和冷漠的表情来安慰我，用湿漉漉的胸膛贴着我，用抓来的肥鱼轻哄我。

高高的芦苇地里，铺晒着我和父亲的衣裤。我俩一丝不挂地蜷缩在清风和秧苗的世界里，眼睛一动不动地看着桶里的河鱼。

那是我第一次切身感受到父亲的温柔。其实，我多想告诉他，他的微笑和安慰，远比责骂和怒打更具杀伤力。

晚风把我吹得瑟瑟发抖，他用温热的身体抱住我，细致地为我穿上卷着阳光气息的衣裤。夕阳从他的背后沉沉落去，我面对着他，忽然看不清他那张富有轮廓的脸庞。七月的风依旧在田野上拼命地吹，一层接一层的绿浪，周围是米色的芦苇和窸窸窣窣的声音。

那天傍晚的路，被夕阳映照得很长很长。我坐在笨重的三轮车上，忽然很想再次抱住我的父亲，陪着他，一直走到路的尽头。

而今，父亲已辞世十年，那片肥沃的田野和米色的芦苇地都将会被林立的大楼所吞没。每次遥望田野，我都会被轰鸣的机械声所惊醒。我分明看到，有位慈祥的父亲，正和他的孩子瑟瑟蜷缩在那片清风漫过的芦苇地里，眼神里饱含着失却家园的恐惧。

我多想抱住那位父亲，轻轻地安慰他，并帮他穿上那些卷着夏日阳光气味的布衣。

（原载《情感读本》（理论篇）2012年第11期）

总是在很多个夜里想起，那些熟悉的亲人遗留的味道，那些泛黄的照片和熟悉的音容笑貌。可是我是知道的，他们始终都在，和我们一起走向天荒地老！

他的列车，开往地老天荒

文 / 胡识

毫无经验的初恋是迷人的，但经得起考验的爱情才是无价的。

——马尔林斯基

1975年，他们从两所不同的大学毕业来到南方的一个小山村从事支教工作，他教数学和体育，她教语文和音乐。由于资源有限，学校便在一间空教室架起了两扇木板，左右边是他们各自的房间，中间是厨房。

刚开始，他们都对这种缺乏安全感的生活极为担忧。她每晚都会做噩梦，然后尖叫，把他吓醒。接着，两个人都打开床灯，失眠。尤其每当刮大风下大雨时，他们的房间便会滴滴答答地漏水，还时不时发出一些惨重的"咯吱、咯吱"声，就好像踩着碎石子的豺狼要向他们扑来。他们随时都有可能遭遇不幸，房子坍塌、发洪涝、泥石流。

有月亮的晚上，他们还得提防强盗，山里的强盗不仅劫财，碰到年轻的女老师还会劫色。山里的小张本来是一位年轻貌美的好老师，因为遭到强盗洗劫，就发了疯，惨得很。

他们曾想过要离开那儿，可每天醒来后，他们几乎同步走进厨房取水。碍于男人面子，他会让她先洗漱。他站在她的身后，会简单地同她唠上几句。

"昨晚睡得还好吗？"

"昨晚我的房间又漏水了。"

"我猜你昨晚又做了噩梦。"

她一边洗漱一边回答着说："是啊，我的房间也漏水了。"

"我看见你房间的灯又在大半夜亮着。"

"昨晚你应该也睡得不怎么好吧？！"她转过头，他点了点头，接着两个人笑着对视。

总像是有很长一段时间，他们会被对方的酒窝所深深吸引，非要等到听见第一个孩子嚷嚷着喊："老师，老师，今天又是我来的最早哦……"他们才意识到要赶紧做饭，不然带领孩子们做早操会来不及。

他蹲在灶前，眼睛直勾勾地看着火，火势一旦有减弱的趋势，他就会拼命地往里加柴，然后问："火，大不大？饭，还有多久做得好？"她拿着锅铲，麻利地在锅里搅来拌去，脸上刷刷地冒出汗珠："马上就好，马上就好了，火再大点！"

他们在同一时间相遇，听着同一种声音，在同一个厨房做饭、聊天，冒着同样的生命危险，教着同样的孩子等等。他们难以舍弃这些弥足珍贵的东西去远走他乡，相忘于江湖。

"时间会让两个对的人彼此爱上的。"不久，他们习惯点着灯在半夜长谈。他们讨论孩子，他们互相聆听对方的心声，他们聊文学，聊往事。每次她谈起自己的父母，她就会莫名其妙地哭起来，他就会在另外一个房间安慰她，给她讲笑话。

她的母亲在她小的时候，罹患乳腺癌去世。父亲为了供她念书，几乎穷尽大半辈子，好不容易盼到女儿大学毕业，可她却义无返顾地献身于支教事业。父亲只好忍着说不出来的痛，默默地支持她。

他说她会永远保护她，1985年的那个中秋之夜，有两个歹徒闯进学校对他们行凶，为了保护她，他在和歹徒博弈时，被扎了几刀。住院的那几

个晚上，他还是忘不了和她谈论孩子和教学，给她讲笑话，逗她开心。他说他一点也不碍事，叫她别哭，她还是一边喂他喝汤一边哗啦啦地流泪。

他实在忍不住了，从他第一次听到她的哭声，他就爱上她了。他咬了咬牙，爬起来，一把将她搂在怀里："可，不哭，我永远会保护你，我爱你！"爱情是个魔法师吧，自从他对她说过这句话后，无论遇到多大的困难或是有多么不开心，只要一想到他，她真的就不再哭了，是无法想象的坚强。

1986年秋天，他们在学校简单地办了一场婚礼。学校的梧桐树叶大片大片地往下落，他们在梧桐树下，踩着软绵绵的金黄，足足吻了好几个小时。那晚，连星星和月亮都羡慕他们，之后，他们生了一对龙凤胎。

可有时，老天爷也会嫉妒人世间的真爱。2002年春天，他们结婚26周年，很不幸，她因为罹患家族遗传性乳腺癌离开了人世。1998年，她唯一的姐姐也因为这种病死去的。

自她离开他后，为了把孩子抚养成人，他离开了小山村，转而跑到大城市找了一份工作。他白天拼命地工作、挣钱、一副柱石之坚的样子。可晚上，尤其是刮大风下大雨时，他就会搂着妻子的遗像，在房间里哭得泣不可抑，一副哀毁骨立的模样。

他对我说他那11年没对任何人提及过他和她的故事，他之所以在列车上和我聊起这件事，是因为他看出了我的不开心。

2013年，我第一次失恋。我自始至终都不知道她和我分手的原因。我试想过，不爱是分手最好的理由，但我说服不了自己。

于是，我搭乘了这趟由北开往西南的列车，我想通过旅行忘了她，并且我告诉自己还有坐在我对面的他，我不会再相信爱情，痴情的人已经绝种。

但他却摇了摇头，指着手上的酥梨："这个东西，我的妻子特别喜欢吃。"然后，又示意让我看他手中的玫瑰："我要再送给我的妻子一束玫瑰，我很爱她。"

"哦，这里还有一颗梧桐树种子，我每年都会往她身边扔一颗，我希望它能长得像我，她需要我的保护。"

"这是我今年写下的旅行日记，我到过拉萨、德满都、黎巴嫩、圣托里尼、里昂等等。我要念给她听，这些都是她最想去的城市。"

"今天是她去世的第11个祭奠日，我抽空得去陪她聊聊。"他说话的声音一点都不嘶哑，即便眼睛已经布满浑浊的泪珠。我想他一定还很爱很爱自己的妻子，就像他和她的爱情故事很长很长。

在贵阳居住的那段日子，我总能在公交车上或是菜市场碰到一对白发苍苍的老人。他搀扶着她，她挎着小篮子，两个人笑得特别烂漫，像是在谈论什么。虽然我听不懂，但我能猜得到他们一定是在说："给我们让座的这个小伙子真不错！瞧，老伴，今天的鸡蛋真便宜！个大啊！"

（原载《文苑》2014年第7期）

> 一个人是有多么幸运，遇上一个人，然后选择一座城市，然后一起相扶到老。

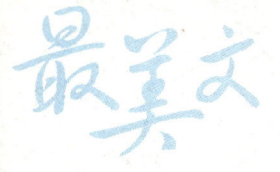

沉默的石头会开花

文 / 张燕峰

为着品德而去眷恋一个情人，总是一件很美的事。

——柏拉图

阳春三月，煦暖的春风照在我身上，暖融融的，就连心头也沐浴在一片花香氤氲的明媚之中。

蕊儿笑容灿烂，一如铺天盖地流泻的春光，她牵着我的手，小小的身子倚靠在我的身上。我的目光温柔地落在她那黑瀑般秀美柔顺的头发上，有时又落在她粉嫩的面颊上，像多情的蝶。

这时，迎面走来几个同事，他们笑着问："蕊儿，你好快乐啊，和谁在一起呢？"

蕊儿脸上的笑意更迷人了，像清澈的湖面荡起了一圈圈美丽的涟漪，脆生生地回答："妈妈。"说完，害羞似的把脸深深地埋在我怀里，双臂紧紧地搂住我的腿。

我弯腰，轻轻地把她抱了起来，无限爱怜地轻抚她小小的背。

来这所特教学校工作转眼已是五年了。

这些孩子都是上帝咬过的苹果。有的双耳失聪，总是睁着一双空洞的眼睛迷茫地望着你；有的咿咿呀呀地冲你又吼又喊，却不能清晰地吐出一个字符；有的智障，任凭你口干舌燥，千呼万唤，他却置若罔闻，一个人沉浸在自己思想的王国里纵横驰骋。他们各有残缺，看着这些孩子，让你的一颗心总是莫名的疼。

在这些孩子里，蕊儿格外令人爱怜。她是个患有轻微自闭症的孩子，各项检测显示，她有语言功能，却就是倔强地紧闭双唇。喉咙像是被一把生锈的铁锁生生锁住了一样，从来不肯吐露一个字。

蕊儿长得很可爱，长长的睫毛扑闪着，像蝴蝶轻盈的翅膀，眸子澄澈明亮，美如天边闪烁的星子。

于是，我常常带蕊儿出来散步，在清晨的薄雾中，在夕阳的余晖里，或是在雨后的花园里，都留下了我们的足迹。

还记得第一次带她出来散步的情景。蕊儿温润潮湿的小手攥成了拳头，小脸上的肌肉僵直，绷得紧紧的。头低低地垂着，只死死地盯着自己的脚尖，整个人就像一只浑身耸起尖刺的小刺猬一样。

从其他教师那里了解到孩子来这所学校已经三年了，她的爸爸妈妈除了交费之外从来不到学校来看她。我不知道孩子何以如此固执地不肯开口说一句话，让所有的亲人都对她失去了信心。每当看到她那紧闭的双唇，我的心就像被一双无形的大手拎起来一般，疼得缩成一团。

风儿轻轻地从林间掠过，青青竹叶发出沙沙的声音。我说："蕊儿，这个世界上所有的东西都会说话，你听到了吗？竹子在说'啊，好凉爽啊，我们好舒服！'"

露珠在草叶间滚动，晶莹剔透，我会说："蕊儿，听到了吗？露珠在说'快把我收集起来，做成一串美丽的项链，挂在这个小姑娘优美的脖子上。'"

经过花圃时，蜜蜂在繁花嫩叶间嘤嘤嗡嗡地闹，我会说："蕊儿，听到了吗？蜜蜂在唱歌呢，它在唱'我是一只小蜜蜂，采集花粉忙又忙。快些酿出好蜜来，送给蕊儿尝一尝。'"

原以为蕊儿会高兴得笑出声来，可她娇嫩的唇仍紧闭着，像极了沙滩

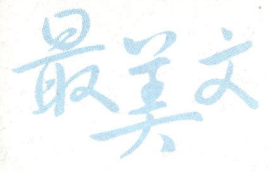

上紧紧闭合的河蚌。我沉默了,长长地叹了一口气。

渐渐的,蕊儿与我熟稔起来,每次牵着她的小手散步,她的手指不再紧握,而是缓缓张开,与我十指相扣。有时我会故意挠挠她的手掌心,这时她总会闪到一旁,眼中有隐隐的笑意。

我说:"蕊儿,你今年八岁了吧?你这样大的小朋友都能背好多首古诗了。你怎么就不肯开口说一句话呢?"

一提到说话,蕊儿清澈如水的眸子立刻黯淡下来,蒙了尘一般。

一晃四年过去了,总看到我不厌其烦地与蕊儿絮絮叨叨地说话,同事便悄悄劝道:"不要白费力气了,那是一块沉默的石头。"我摇摇头,"精诚所至,金石为开,总有一天,蕊儿这块小小的顽石也会开花的。"

天气晴好,我又带着蕊儿来到草地上晒太阳。看见她长长的刘海快要遮蔽住眼睛,我掏出剪刀轻轻地给她剪头发。我说:"蕊儿,快听,你的头发在说话,它在说'哇,好舒服啊。'"接下来,我又轻轻地给她剪起了指甲,我说:"蕊儿,你听,指甲在说话,它在说'轻一点,轻一点,我怕痛。'"

这时,我注意到蕊儿的脸上浮动着一层从未有过的迷人的光彩。我说:"蕊儿,我知道,你一定想说话。你怎么就不开口呢?"

蕊儿慌乱而羞涩地望着我,眼中泪光盈盈。我把手轻轻放在她的胸前,一颗小小的心脏竟跳动得异常剧烈,山呼海啸一般。我满怀期待地说:"蕊儿,你的心在说话呢,告诉我,它在说什么?"

突然,始料未及的一幕发生了:蕊儿紧闭的双唇不可思议地张开了,她热烈地注视着我,目光中似有万语千言,眼里竟涌出了大颗大颗的泪珠。

我拼命地压抑着汹涌的情绪,故意放慢了语速,轻柔地说:"不要怕,丑陋的毛毛虫要变成美丽的蝴蝶,必须要挣脱蚕茧的束缚,一定也是很痛很痛的。不要怕,蕊儿,你一定有许多话要说。告诉我,你想说什么？"

"妈——妈——"蕊儿终于开口说话了，声音抖颤得如同天空中飘摇不定的风筝。

"天哪！你终于开口了。"我激动得喜极而泣，把蕊儿紧紧地拥在怀里。"妈妈——妈妈——"蕊儿一遍一遍地重复着，声音一次比一次高，听得出她在尽情地享受着重生的喜悦。

沉默的石头会开花。只要心之所系，情之所至，小小的顽石，也能开出春天芬芳的花。

（原载《情感读本》（生命篇）2014年第3期）

正所谓精诚所至，金石为开。没有什么能够抵挡爱的攻势，如果存在问题那就是时间和持久力的问题。

爱，一直围绕在我身边

文/龙岩阿泰

爱是不会老的，它留着的是永恒的火焰与不灭的光辉。世界的存在，就以它为养料。

——左拉

一

周小琪和她妈妈走进我家那年，我八岁，刚上小学一年级。

一天，我放学回家，刚走到胡同里就听邻居说，爸爸给我找了个新妈妈。

在他们戏谑的表情中，我的心被深深地刺痛了。我亲眼目睹过街道口那个比我大三岁的男孩，他的后妈抡着大木棍打他的情形。她追着他满街跑，边跑边骂。街坊邻居都说，这后妈没有不狠心的。

我忐忑不安地回到家，看见一个四五岁左右头扎羊角辫的小女孩，蹦蹦跳跳地哼着儿歌。夕阳中，她宛若一只舞动的花蝴蝶。

爸爸见我回来了，便喊我："小宇，快进来，你周姨和小琪妹妹来了。"

我低着头，怯怯地走过去。那个叫周姨的陌生女人用粗大的手摸了摸我的头发，笑着说："这小子挺帅气的。"

小女孩一直盯着我看，她欣喜地过来拉住我的手，说："小宇哥哥，我叫周小琪。"

我瞥了她们一眼,什么话也没说,冷着脸径直跑回自己的房间,还"砰"的一声把门关上了。

我心里的忧伤如水草般滋长、蔓延,妈妈离开不到一年,爸爸就另寻新欢了。

我清楚地记得,妈妈临走前,爸爸一直拉着她的手说了很多动情的话,还流着泪说,他会亲手把我拉扯大,不会让我受半点儿委屈。可是,这么快爸爸就把自己的誓言遗忘干净了。

二

从她们来后,我在家里就变得沉默寡言,我用无声的抗议来表示自己对她们的不满。

周姨待我还不错,每天早上,她都会为我煎上一个荷包蛋;下雨天,她会到学校给我送伞。爸爸多次提醒我,要叫周姨为妈妈,我低着头不说话。

只是有一次,我心烦时,随口顶撞爸爸说:"我妈早死了。"

"啪"的一声脆响,爸爸打了我一记耳光。他气得脸色铁青,一直啰嗦着说不出话。

我捂着红肿的脸,倔强地不肯哭出声,倒是站在旁边的周姨哭了起来,她踉跄地跑进房间。

从那以后,很长时间里,我和周姨都没有说话。

因为讨厌周姨,我也开始讨厌周小琪,我总会趁周姨和爸爸不在家时欺负她。她什么都听我的,就连我把她的零食骗走了,她还是乐呵呵地一口一个"小宇哥哥",叫得我既心酸又难过。

只是有一件事,多年后我一直没有忘记,我想我对周小琪的态度也是

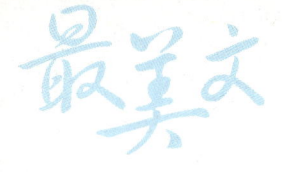

从那时开始转变的。

那年春节时,爸爸把压岁钱交给她自己保管。她视压岁钱如珍宝,成天藏在贴身衣服里。但那时,我迷上了看书,很快就把自己的钱花光了,于是开始打她的压岁钱的主意。当我费尽心思把她的压岁钱偷走并买了几本书后,她才发现自己的压岁钱不翼而飞。她把自己的衣服翻了一遍,也没有找到,一整天哭丧着脸。

那几本用从她那偷来的钱买的书,我看完后藏在柜子的最底层,直到小学毕业时我才把那些书送给她,其实是"物归原主"。

三

我上初中时,周小琪已经上小学四年级了。我们很少在一起,但我感觉得出来,她一直努力想接近我,但我不知道该以什么方式接受她。

爸爸在建筑工地当泥水工,成天忙碌。周姨为了补贴家用,就磨米浆炸油炸糕卖。她的摊子摆在距我们学校门前不远处的一个巷子口,每天,我都要从那里经过。

我从来都是低着头匆匆地从她的摊子前跑过去,我害怕她会突然叫住我,那样会让我难堪的。我不想被同学知道我有一个后妈,还是卖油炸糕的。

或许周姨知道我的心思,她从来都不会叫住我。周小琪每天一放学就到摊子前帮忙,她总是很欢快地招呼客人,手脚勤快,忙着收钱、打包。可能周姨对她有过交代,她看见我,也装作没看见。有几次,我明明看见她挥着手似乎是想叫住我的,但嚅动着嘴却始终没有叫出口。

她一直叫我"哥哥",我却从来没有过哥哥的样子。

那年爸爸从工地的脚手架上摔下来住院时,我却因为要参加中考很少有时间到医院陪爸爸。周小琪每天一放学就到医院去照顾爸爸,其实那时，她也要参加小学升初中的考试。

爸爸摔伤后，半身不遂。医生说，情况好的话，至少也要休养半年才有可能站立起来，但再也不能干重活了。

为了补贴家用，周小琪竟然在暑假里背起冰棍箱上街卖冰棍。

"你不觉得丢人？"我问她。

她没吭声，低着头，连耳根都红了。但她还是背着冰棍箱上街去了，沿街吆喝着。

夏天炙热的太阳像个大火球，待在屋子里都觉得热，我想，在太阳下奔波的她一定更热。但她连一根冰棍都舍不得吃，渴了就喝自己随身带的凉开水。我曾远远地跟在她的后面，我怕别人欺负她，但我却没有勇气跑过去接过她肩上的冰棍箱。

整个夏天，周小琪早出晚归，每天忙忙碌碌。她一条街一条街地跑，每天都能卖掉好几箱的冰棍。有时就连晚上，她也不停歇，依旧一吃过饭就背起冰棍箱出去。她说天气热，街上散步的人多，买冰棍的人也多。看着她被太阳晒得暗红而脱皮的手臂，我垂下头，不敢对视她的眼睛。

那个暑假，她挣到了她生命中的第一份收入：238.6 元。

四

上高中后，爸爸已经可以自己走路了，但他再也不能干重活，只能在家帮忙煮煮饭，然后长时间地坐在梧桐树下发呆。

我借口学习忙要求住校，一个星期只回家一次——为了拿生活费。

我依旧不大和周姨说话，但每次，她都会在我准备出门时把钱给我。

周小琪在我原来的初中上学，她和以前一样，一放学就到周姨的摊子上帮忙。

有一次，去同学家经过她们的摊子时，我远远地躲在街角观望，然后

趁很多人围着摊子买东西时,猫着腰藏在人群里匆匆闪过。

可是,我却没有力气再前行,整个人虚脱似的迈不开步,耳畔一直回响着周小琪清脆的叫卖声:"又香又脆的油炸糕!5毛一个。"

那声音仿佛有一种魔力把我牵引住,我转回头,久久地望着她们母女俩,心里很不是滋味。我看见周小琪穿在身上的衣服,那是我穿旧的校服。她微笑着站在摊子前,动作利索地收钱、打包。阳光下,她的笑容那么灿烂,像一朵盛开的山花。

我刚转身,准备离开,却听到周小琪尖利的叫声:"啊,疼!"

我的心"咯噔"一声,连忙惊慌失措地跑过去。

周小琪蹲在地上,眼中噙满了泪水。我看到她的手臂上有一长道红红的印子,接着就起了一排的水泡泡。我想那些水泡泡一定很疼的,要不,那么坚强的周小琪怎么会哭呢。

我急忙背起她跑向街角的卫生所,医生帮她处理好,涂了一些药膏。

我看着她那红肿的手臂,惭愧地问:"小琪,疼吗?"

她笑着说:"有哥哥在,就不疼了!"

我看到她眼中溢出晶莹的东西,我知道,她流泪不是因为疼而是因为高兴。这是她和妈妈进我们家后,我们第一次如此亲近。

我的鼻子也酸酸的。

我突然意识到,爸爸不能干活后,我所花的钱都是她和妈妈一点点辛苦挣来的。她们夏顶烈日,冬吹寒风,几年来,为了撑起这个家,一直在默默地付出。

街上车来车往,一阵风吹来,扬起了灰尘,蒙住了我的眼睛。我止不住地流泪,心里有种无言的感伤,说不清,道不明,仿佛有什么东西一直在纠缠着我的心。

五

第二天，我从学校搬回家里住。

任凭周姨怎么劝，我非要坚持和周小琪一人一天到摊子上帮忙。

周姨拗不过我，最后不得不答应，但她要我保证一定不能耽误学习。她语重心长地说："小琪是女孩子，能读到哪儿算哪儿；你是男孩子，一定要读大学的。将来咱们这个家就指望你了！"

那一瞬间，鼻子又变得酸酸的，我偷偷背过了身。

此后，我和周姨的关系一天比一天好。我终于不再喊她周姨，而像周小琪一样喊她妈妈。

周小琪看见我和妈妈有说有笑后，还曾躲在厨房里偷偷抹眼泪。

或许，她等这一天已经很久了吧。

周小琪的成绩很好，虽然整天帮着家里干这干那的，但她一点儿也不耽误学习。

她笑着对我说："哥，我要像你一样考上一中，这样爸爸妈妈就会很开心了。"

她还告诉我，在我住校的那段日子，她特别想念我。她做梦都想和我能像亲兄妹一样亲密无间，还梦到我亲切地拉着她的手喊她妹妹……

望着渐渐长大的妹妹，我很惭愧。

我知道，她一直把我当做亲哥哥看待。只是我，因为年少的自尊，因为懵懂无知，一直排斥她、伤害她。

我对她说："小琪妹妹，哥哥以前对不住你和妈妈。以后，哥哥不会再这样了，我会好好保护你的……"

我的话还没有说完，她的泪就已经大滴大滴地滚落。她哽咽着说："哥，

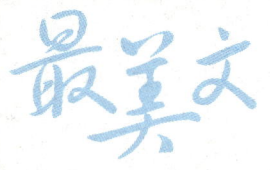

你终于喊我'小琪妹妹'了？我好高兴哦！哥，我从来没有怪过你，我们早就是一家人了，要相亲相爱……"说着她激动地哭出了声。

我上前紧紧地抱住因哭泣而颤抖的小琪，感动地说："傻丫头，高兴要笑才对呀，不哭了哦！"眼角却一片潮湿。

原来，爱一直围绕在我身边，只是我没有用心去体会。

（原载《少年文摘》2010年第5期）

人们经常会犯这样可悲的错误：老觉得自己缺爱，或者是没有爱。其实如果你足够留心，你会发现那些停留在你身边的人都不是无缘无故留下来的。只有一个原因——那就是为了爱你。

一个英雄的小要求

文 / 汤小小

爱情之中高尚的成分不亚于温柔的成分，使人向上的力量不亚于使人萎靡的力量，有时还能激发别的美德。

——伏尔泰

这件事的开头很普通，一辆车驶过，一个老奶奶躺在血泊中。来来往往的人不断，驻足观看的人也不少，但是，没人想在这个时候做善事。

一个中年男人骑着电动车停下来时，事情有了转机。他开始拦出租车，司机摇下车窗，不等他把话说完，一踩油门，飞似的离开。

五辆车飞走后，他急得跺脚，当第六辆车驶来时，他干脆一个箭步冲过去，径直拦在车面前。司机紧急刹车，伸出头来破口大骂，他赶紧递过去一沓人民币，一连声地说："兄弟，救人如救火，你不能见死不救啊！放心，不管出了什么意外，我们都不会找你！"

司机终于点头，他转过头来，看着地上的老奶奶，又双手合十向旁观的人哀求："求求各位了，帮帮忙，把她抬车上去。放心，不会找你们麻烦的！"

有人伸出援手，老奶奶顺利地被抬上车，他也一拉车门坐了上去，把

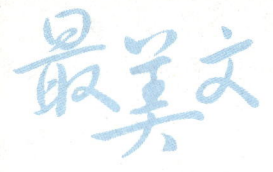

崭新的电动车扔在了马路边上。

在车上,他打了医院的电话,等停车时,院方已经做好了准备,不过,高昂的住院费让他陷入窘境。他掏出身上所有的卡,又打车跑回去,把电动车卖掉,终于勉强把钱交上了。

身无分文的他在医院走廊里坐了一夜,也饿了一夜。医生告诉他病人醒了,他爬起来,以百米冲刺的速度冲进病房,紧紧抓住老奶奶的手,说出的第一句话,却让所有人跌掉眼镜:"你家人的电话号码是多少?"

他这么拼命地救人,谁能想到,他竟然和老奶奶素不相识。下一秒,大家又开始为他担心,老奶奶可是出的车祸,家属万一赖上他,可就惹了大麻烦了。

有人劝他赶紧走,别和家属见面,他却说什么也不肯,执拗地等着家属来。人们不得不猜测,难道,他想向家属要奖赏?

老奶奶的儿子女儿媳妇女婿来了一大堆,第一反应很正常,认为他是肇事者。在对方的怒吼声和拳头下,他找来出租车司机和几个围观者,证明了自己的清白。

家属们还算讲理,弄清了事情原委,没有再为难他,而是道了谢,并把所有花费都赔给他。

事情到这里,按说已经很圆满了,他成了救人于危难的英雄。

可是,他依然呆在医院里,不肯离开。这下,轮到老人的家属们心里发慌了,这年头哪有人甘愿当英雄啊,肯定另有所图。那些医生和护士,也对他投来了异样的目光,救人要酬劳的事儿,他们不是没见过,以为这人是英雄呢,原来小人一个。

家属们不打算被讹,出出进进的,全装作没看见他,以前为他担忧的那些人,也不屑于再理他。

他在医院徘徊了一天,到了晚上,终于怯怯地走进老人的病房,对老人的儿子说:"我有一个要求,能不能……"

"我们之间已经算清楚了,你别想耍花招!"不等他说完,老人的儿子急忙打断他。

然后,是其他家属的一致声讨和责难,他的嘴张张合合,说出的话就像鱼儿吐出的水泡,一瞬间就融入空气中,不见踪影。

等众人再也找不到谴责的词汇了,他的声音才终于又响起来:"我就是想让你们给我做个锦旗,送到我家,当着我女儿的脸,感谢我一下。"

家属们面面相觑,然后,一脸狐疑地看着他。

他从口袋里掏出几张钞票,一边往家属手里递一边说:"不用你们出钱,这些钱足够买锦旗和来回车费了。"

众人的脸色终于缓和了些,这年头,有人想用锦旗搏名声,也正常。不过,谁知道他葫芦里卖的什么药,他不会用这个去行骗吧?

见众人依然疑惑,他挠挠头,下了很大决心似的,说:"跟你们实说吧,我坐过牢,刚出狱不久!"

众人一听,不由自主后退几步,一脸紧张地盯着他的双手,生怕他变戏法似的拿出武器来。

见此情景,他凄然一笑:"我女儿和你们一样,对坐过牢的人有成见,她觉得我是个坏人,因此不肯和我亲近,甚至连话都不想跟我说。可是,哪一个父亲不爱女儿呢?如果时光能够倒流,说什么我也不会做错事,现在,我只希望尽最大的努力去弥补。我希望女儿知道,她的爸爸,不是一个坏人,而是一个见义勇为的英雄!为了她,我愿意做一个英雄,哪怕是一个被人鄙视的英雄!"

在场的人静静地看着他,看着一个男人,为了搏得女儿的好感,那么努力地做英雄,又甘愿默默忍受各种委屈。如果不是心中有爱,谁会这么做呢?

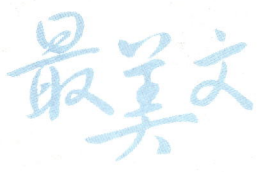

老奶奶的儿子终于红着眼眶,郑重地说:"我们一定买锦旗,亲自到府上答谢您,这本来就是我们应该做的!"

(原载《意林》(少年版)2015年第2期)

浪子回头金不换。每一个真心改错的人都应该被尊重,在他们需要自我救赎的时候,别人的爱都是非常可贵的鼓励。如果你遇见这样的人,不妨慷慨地献出你的爱。你说呢!

我们是一根藤上的瓜

文 / 龙岩阿泰

我宁愿用一小杯真善美来组织一个美满的家庭,也不愿用几大船家具组织一个索然无味的家庭。

——海涅

一

父母离婚那年,我已经7岁,刚上小学一年级。我不明白为什么一向幸福和睦的家说散就散了,无论我和姐姐如何哭闹、哀求,他们还是狠心地把这个家一分为二。

爸爸带走了11岁的姐姐,他们去了另一个城市的爷爷奶奶的家。我和妈妈住在原来的房子里。一切依旧,一切又那么的不同了。没有姐姐在的家,冷清得像一座坟冢。姐姐是个大嗓门,爱笑、爱唱歌,每天家里都会回荡着她"哈哈哈"的笑声,银铃一般。她一笑,我也就会跟着乐,在她身后寸步不留。

最开心的事就是姐姐教我唱歌,她唱"小锣号,嘀嘀嘀吹",唱"我爱北京天安门,天安门上太阳升"。姐姐的歌声很甜、很嘹亮,楼里的阿姨都夸姐姐是个小歌手,说她长大后,肯定能成为歌唱家……

姐姐是个好动的女孩子,整天蹦蹦跳跳,但她去哪儿都会带上我,

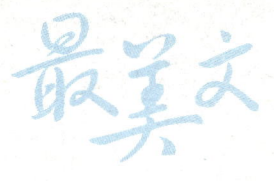

还笑着说我是她甩不掉的小尾巴。我喜欢紧紧地拉着姐姐的手,她的手湿润、柔软,被她牵着,我的心会很踏实。那种温暖的感觉,多年后,我依旧清晰地记得。

爸爸拎着行礼带姐姐离开的那天,我抱着姐姐,哭着不让她走。妈妈强硬地抱住我,掰开了我紧抓在姐姐衣服上的手。姐姐哭得泪流满面,但她还是被爸爸拉出了家门。她边走边回头,哭喊着:"弟弟,我会回来看你的。"

我看见了爸爸濡湿的眼眶,但他还是头也不回地走了,只留给我一个决绝的背影。妈妈也哭了,哭得肝肠寸断。她紧紧地搂着我,泪水流到了我的脸上。

我不明白,他们都如此伤心,为什么还要离婚?那些成人世界里的事情,我始终都想不明白。我只知道,没有姐姐在的日子,我会孤单,我会想念她。

二

姐姐离开的当天晚上,就给我打来了电话。她说,爸爸回家后就喝醉了,她还说她想念妈妈想念我。拿着话筒,我们放声大哭。妈妈站在我身后,她默默地蹲下来搂着我,一句话也没有说。

很久后,姐姐在电话里对我说:"弟弟,你要乖,要听妈妈的话。""我不要妈妈,我要姐姐。"我哭着说,还回头把搂抱着我的妈妈推开,挂上电话,我依旧不停地抽咽。

妈妈可能是忍了很久,在我哭得筋疲力尽时,她走过来,坐在我身边,有些严厉地说:"把眼泪擦干,这个家以后就你一个男子汉了,你要保护妈妈,别整天哭,知道吗?"我瞪着她大叫:"我不要你,我要姐姐!为什么要把我们分开呢?"

妈妈无语,她沉默了片刻后才缓缓地说:"姐姐永远是你的姐姐,你们只是分开来住,她会回来看你的,你也可以去看她。"她软硬兼施,好说歹说才把我安抚好。

那段日子,我总会做梦,梦见姐姐,她带着我玩滑滑梯,教我唱歌。在我们正玩得欢时,突然一阵大风吹来,姐姐就不见了,找不到姐姐,我害怕得直哭。梦醒后,我才发现,我早已泪湿枕巾。窗外月光如水,我起身站在窗前,望着苍茫的夜空,心空荡荡的,像洗涤后的沙滩。

没有姐姐在的日子,孤单的我愈加沉默,妈妈总是很忙,每天早出晚归。我明白,她所有的辛劳都是为了我。姐姐也一次次在电话中对我说,不要恨妈妈,要做个乖孩子。可是我无法原谅妈妈。我知道当时是她坚持要离婚的,是她让我和姐姐分开的。

我生日时,收到了姐姐和爸爸寄来的礼物,是我喜欢了很久的"嘟嘟熊"。但我并不开心,因为姐姐再也不能陪我过生日了。晚上妈妈一个人为我过生日,在点燃蜡烛时,我说:"如果爸爸和姐姐也在,那该多好。"

抬起头,我发现妈妈哭了,我不知怎么办才好,惊慌地低着头。姐姐的电话很及时地打来,在我们说话时,妈妈才止住眼泪,为我唱起了生日歌。姐姐也唱,在电话里唱,听着她熟悉而遥远的声音,我突然就开心起来,而泪珠却禁不住地悄然滑落。在我的心里,姐姐才是我唯一想依靠的人。

姐姐每个周末晚上都会给我打电话,这个习惯,她坚持了很多年。虽然没见面,但在电话中,我知道她去学了拉丁舞,也知道她每次考试得了多少分。我也一样,事无巨细,把每天的行程和心情都告诉姐姐。

小小的电话线,像一根亲情的藤,紧紧连着我和姐姐。

三

虽然我的成绩很好,但在学校里,我没有朋友。我的沉默寡言是身边的同学最不能容忍的,我也不屑和他们交往,因为我有自己的姐姐。我一

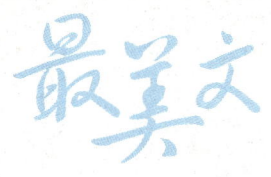

直固守着自己的想法，虽然过得孤单，但浓浓的思念充溢着我的心田，我一直吟唱着姐姐教我的歌谣，唱了很多年。

我没有想到，当年和姐姐分开，再见面时，会是在六年之后，那时我已经念初一了。

突然见到姐姐时，我已经认不出她了，她的容貌早已模糊，熟悉的只是她在电话中的声音。那天回家，推开门，见妈妈正和一个陌生的年轻女孩说话。我随口问了句："妈，家里来客人啦？"妈妈还未回话，那女孩却先叫我："弟弟，你不认识姐姐啦？"

姐姐？我愣住了，拿在手里的东西慌乱地掉在地上，心底欢喜暗涌，然而才一刹那的功夫，泪水就在眼眶里涌动。"为什么这么多年后才来看我？"我伤感地埋怨，心里有深深的委屈。"弟弟……"姐姐欲言又止。"你也有很多为难的地方，对么？我理解的。"我强颜欢笑，不想姐姐太尴尬。

那天一起吃晚饭，我的话很少，我最想念的姐姐，我和她之间已经隔了六年的岁月。六年，我从一个爱哭的小男孩变成了一个敏感而习惯沉默的少年，我们之间真的太陌生了。陌生的不仅仅是容貌的改变，还有彼此之间的感觉。我不知道隔了六年岁月的河有多宽？要我如何才可以穿越？

"你不是一直叨念着要见姐姐，现在姐姐来了，你又没话说了吗？"妈妈问我，她对我的冷漠很不满意，我瞪眼看妈妈，却没吭声。我是想念姐姐，但现在的她，太陌生了，我找不到过往的那种感觉，我不知该说什么。

姐姐一直微笑地看着我，很安静。突然间想到，或许是现在的她太安静了吧，她再也不会是我当初那个会"哈哈哈"放声大笑的姐姐了。

晚饭后，我一个人关在房间生闷气，这样的见面情形不是我想要的。我希望她还是当初那个会搂着我唱"我爱北门天安门"的小女孩，希望她会开怀大笑，会牵着我的手说："弟弟，要小心哟！"……那么温馨的画面，只能存留在记忆中了。

她推门进来时，我背对着她，我知道是姐姐，但我不吭声。

"弟，我们聊聊好么？"她说，我没回答，却把头趴在桌子上。姐姐径直走过来，坐在我旁边的凳子上，一只手轻抚着我的后背说："弟弟，姐姐一直都很想你，但是……""你说话不算数！六年了，时间过得真快呀！"我抬起泪水婆娑的脸愤愤地说。"是呀，六年了，我们都不是当初的我们了，但是弟弟，你要记住，我们始终都是一根藤上的瓜，你永远都是我最亲的弟弟……"

姐姐说着，哽咽了。看见姐姐流泪，我很难过，我不想看见她哭，我希望她永远都是快乐的，于是轻声安慰她。

那天晚上，在我房间坐了一阵后，姐姐拉着我的手上了天台。我们并肩坐着，望着头顶幽暗的夜空。没有月光，只有满天繁星在闪烁。姐姐把头靠在我肩上，轻声说："记得么？那时候你最喜欢让姐姐带你上天台看星星了。"她说得很轻，仿佛在叹息。

我默默感受着从姐姐指尖传递过来的温度，心，一点一点湿润起来。凉爽的夜风好似一双温柔的手，轻轻抚摸着我们的面颊。良久，我问姐姐："一直以来，你和爸都过得好吗？""嗯！但没有你和妈妈的存在，一个家总是残缺的。"姐姐又叹了口气。

我们一直坐在天台，聊着过往的事，说着未来，直到凉意侵袭，感觉有露水扑面时才离开。姐姐最后对我说："每个人都有权利追求自己的幸福，不要怨恨父母，我们终究要长大的。为他们祝福吧，我们把心放宽，就可以拥有我们自己的快乐人生……"

我肯定地向姐姐点头，心情豁然开朗。一些压在胸口的痛，已经不痛了。

四

我上初三时，姐姐以优异的成绩考上了大学。

那年，妈妈终于在我的支持下，嫁给了一个真心喜欢她的中年男子。那个中年男子丧妻多年，是个本份真诚的人，我叫他陈叔。人与人之间绝对是有"缘分"的，我和陈叔一见如故，我相信他会照顾好我妈，因为他们彼此怜爱着对方。

打电话给姐姐，她夸我事情办得漂亮，虽然最终姐姐没空回来参加妈妈的婚礼，但她的祝福，妈妈收到了。姐姐依旧时常打电话给我，在电话中，我们谈笑风生，再也没有哭哭啼啼过。偶尔，我也会主动打电话给早已经陌生的爸爸，他也在几年前再婚了。我们的话不多，但我的问候和关心，我想，他会感知。

姐姐帮我打开了心结，我已不再怨恨任何人。

就像姐姐说的：每个人都有权利追求自己的幸福，与其怨恨，不如祝福，这样我们自己也可以幸福快乐一些。这些话我已经牢牢记在心里。

我们虽然分开了，但我们始终都是一根藤上的瓜。无论何时何地，我们依旧都是最亲的亲人，我们要相亲相爱。

（原载《少年文摘》2013 年第 11 期）

家人的概念，就像是树枝上散落的几片叶子，要互相陪伴，给予爱和接受爱。没有什么感情会比这种感情更特殊的了。

第五辑

为了幸福的巴格达

　　安全警察笑了,握住扎依里的手,对他说:"谢谢你,教育了一个暴徒,为巴格达避免了一次伤痛,他是去警察局自首的。"扎依里突然冒出一身冷汗,但转回头便笑了。他开足马力往家赶,他要告诉女儿,追求一个幸福的巴格达,已见到了成效。

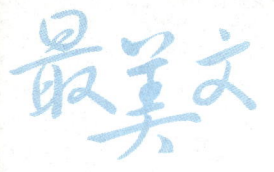

教父亲认字

文 / 宋敏

　　父爱同母爱一样的无私，他不求回报。父爱是一种默默无闻，寓于无形之中的一种感情，只有用心的人才能体会。

——琼瑶

　　当我决定教父亲认字的时候，他早已年过半百。他时刻担心自己会因记性不好，而无法学会我所教授的知识。我轻拍他的肩膀，像他当年哄我睡觉一般安慰他说："爸，您别担心，其实认字是很简单的，只是写会稍微困难一点儿。"

　　我把新买的儿童看图识字放在他的床头，一遍又一遍地教他朗读声母韵母。在这座贫瘠的小镇里，他整整生活了五十年。五十年的地方口音，已经让他无法分清平舌翘舌，前鼻音和后鼻音。

　　他每念错一次，就会沉郁片刻，细细思索，口中喃喃地慢慢自我纠正。而后，欢喜地跑来念给我听，问我是否正确。

　　我心里难受极了。对于这类将一生都付诸于土地的中国父亲来说，晚年学习知识，无疑是一种痛苦的折磨。于是，有很多次，我板着脸告诉他，从此之后，再不让他认字了。我以为，他会因此而喜悦狂呼，如同厌学的孩子忽闻学校放假一般。

岂料，他竟因此郁郁寡欢，久食无味。母亲见他这般模样，只好又将我拉到屋中，再三嘱托。她说，父亲心里一直内疚着，这些天，几乎整夜失眠。他想，一定是因为自己过于笨拙，才会招致我放弃授学的工作。

我眼中瞬间泛起一片汪洋。经过小院的时候，我把新买的字典递给了父亲，并向他说明了其间种种。我之所以不愿教他，不过是想让他少受些磨难罢了。

他听出我的良苦用心，便忽然释怀，忐忑地问我："今天还能上课吗？"我点点头。他一个纵身从凳子上腾跃起来，跑进屋内，将他的看图识字取了出来。

我再没打断过他的进程，我知道，我唯一能做的，就是以万分耐心来对待他的一切提问。

教他使用字典查询所要写出的字词时，他经常因分不清平舌翘舌而找错甚至找不到需要的字。有几次，他翻得绝望了，竟撇开工具条，一页一页地翻着过去，细细寻看，一看便是一两个时辰。

母亲担心他这样下去会把眼睛弄坏，就请求我想想解决的办法。于是，我又花了几天时间，把他常用的字词罗列开来，注上声母韵母，并且标明所在字典的页码。

他如获至宝一般，将那张写满蝇头小字的信笺纸平平整整地贴在门后，早中晚各温习一次。母亲时常笑话他，说他比大学教授们还要用功。

四月，假期完毕，我再度回到湖南。临别前，父亲要走了我的联系地址，当时我并不明白他的真正用意。直到半月后，在湖南的信箱里收到一封笔迹拙劣的信件，才真正懂得他为何对学习如此百般刻苦。

信末，他写了一句玩笑式的结尾。这句原本该让我莞尔一笑的话，却

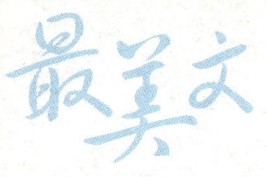

让我失声痛哭起来。他说:"儿子,这是爹这辈子写的第一封信,写得不错吧?请多多指教。"

他所有努力的原因,只是想亲手给我写一封简单的家书。

(原载《今日文摘》2010年第19期)

你有没有思考过这样一个问题,一些人改变自己的举动,其实压根就不是为了自己,而是为了所爱的人。

愿母自私

文 / 李兴海

全世界的母亲多么的相像!她们的心始终一样。

——惠特曼

我时常能读到这样的作文。年幼的学生们用稚嫩的笔记给我写着,他们的母亲是多么平凡而又伟大,因为她们吃足了人间疾苦。为了力求感人肺腑,他们不惜把自己的母亲写得万般悲惨。或许只有这样,他们才足以打动我这位铁石心肠的老师吧。

孩子们的目的达到了,我时常被他们这些不知真假的故事糊弄得泪眼涟涟。一整个清晨,午后,都沉浸在一种莫名的忧伤之中。

几年后,这些孩子都长大了,陆续上了大学。再翻阅他们之前给我写的作文时,我竟有了一种惶惑:为何所有的母亲都得这样悲苦?难道不悲苦的母亲就不是好母亲吗?

经常能在报纸杂志上看到类似的报道:某省某市的某位母亲,为自己的孩子,甘愿捐出肾脏,更或者牺牲自己的性命,以保全孩子。某镇某村的某位母亲,为了能让自己的孩子步入学堂,接受知识,甘愿下洞挖煤,过着牛马一般的生活。

铺天盖地的新闻,纪实,让我们感动,让我们明白并坚信,尘世中的每一位母亲都有着一块无私的角落,用以安放自己的孩子。我们为此哽

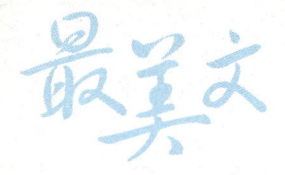

咽，为此流泪，甚至觉得，这样的母亲是伟大的，也只有这样的母亲才足以堪称母亲。

我们要求这样的感动，要求这样的悲苦来填补我们日渐麻痹的心怀。我们需要有这么一些母亲站出来，作为代表，为我们诠释，母亲这个职业的伟大。

实质上，从过医的人，全然不用看这样的报道或是故事。他们明了，一个女人要从妻子变成母亲，势必要经历尘世中最强烈的苦痛。

医学上，把人所能感受到的疼痛等分为十级。蚊虫叮咬为一级，分娩生子为十级。

我们尚且不说，这疼痛的等分合理不合理。就简单举一个例子来说，譬如，一个男子，因癌细胞扩散至下体，不得不进行截肢手术。倘若，让他不施麻醉，毫无怨言地承受这整个手术过程所给他带来的苦痛，行吗？

我想，尘世中，几乎没有几人能承受这样的苦痛。而类似这样的苦痛，每一位母亲，却真切地尝试过了。

落笔之前，我曾去医院打听，每一位即将分娩的女子来此，医生都会问，要不要施用麻醉？施用的话，就不会有那么痛苦，只是，很可能会影响到胎儿的正常发育。

据跟我解说的这位医生的言辞，没有一位母亲要求施用麻醉。她们宁可承受尘世中最大的苦痛，也要避开这万分之一的会影响到孩子身体健康的几率。

单从这一点来说，就足以让我们感动了。

前些天，笔者母亲生日，有文朋问及，你送你母亲何物？我答曰：仅四个字，愿母自私。

我自觉，已没有任何能送母亲的礼物了。唯可让她高兴的，怕是我与弟弟的身体尚且安康吧。

未曾小学毕业的母亲不明我这几个字的深意，但我想，此时的读者是明白的。我只希望,全天下的母亲能自私一点,把从天性里赋予我们的爱护,收回一点儿,分配到自己身上。

我们没有理由去要求任何一位母亲再经受苦难,惟能督促她们,多爱自己一点儿。若真如此,那全天下的儿女,才算是行了真孝。

(原载《意林》2009 年第 10 期)

我们经常用自私二字去贬低一个人,殊不知母亲一直很笨,笨得只知道奉献,笨得不知道为自己自私,哪怕一点点!

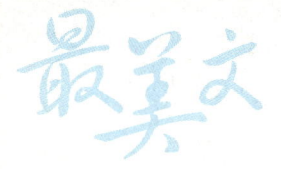

父亲的肩膀

文 / 告白

父亲！对上帝，我们无法找到一个比这更神圣的称呼了。

——华兹华斯

第一次骑在父亲肩头，我便想，自己何时才能长得像他一般伟岸刚强。

于是，在艰涩而又漫长的成长之路上，父亲成了我人生的标尺。每隔一段时间，我就要嚷嚷着走到他跟前："爸，别动，别动！你看，我很快就会和你一般高了！"

这样的岁月，终究如庭院中的春花一般，尽数落去。我不再与父亲比较，不再依赖他的肩膀，甚至，不再与他交谈。我们终于走成了中国式的父子关系，外表冷漠，内心热情。

对于我来说，他和母亲似乎就是两种不同的机构。他负责用戒尺和皮条惩戒我的一切冒失与错误，而母亲，则负责用热泪和怜爱庇护他所施予的所有罪罚。

记得很多年前的夏末，我徘徊在楼顶上看晒陈年的谷子。隔壁院中的桃树，像一双张开的大手，越过高高的围墙，倾斜在午后的楼顶上。饱满的果子坠在茂盛的绿叶间，像暗夜里刺眼的彩灯，让人目不暇接。

躲在茂盛的枝叶背后，我内心出现了极大的挣扎。父亲平日的教诲与此刻躁动的情绪形成了两股巨大的波涛，使我茫然且不安。我不愿撇开心中的善念，却又不甘就此离去。那满树丰硕的蜜桃，像定格的底片，在我翻滚的脑海中浮动。

我到底还是将柔弱的双手伸进了随风摇动的绿叶间，父亲在楼下的窗内目睹了整件事情的经过。当日，我不但遭受了平生第一次最为严厉的毒打，还被父亲勒令兜着偷来的蜜桃上邻居家里道歉。

母亲从地里赶回时，父亲正扬着细长的皮鞭，预备将我就地正法。母亲夺过黝黑的皮鞭，哭闹着将我抱在怀里。由此，我躲过了极为严酷的下半场劫难。

我永远记得父亲说过的话，他瞪大了眼睛指着母亲："慈母多败儿！"印象中，这件事情便是我与父亲情感的转折点。我在潜意识里忽然发现，这个留着八字胡的和蔼男人，原来有着如此可怕一面。

没过多久，我便因高烧不退躺在了床上。母亲整日守在床前，嘘寒问暖。我当时虽然不曾对母亲提起，但心中却无比坚定地认为，这次重病的根源，八成就是没有吃到蜜桃还挨了打。

父亲背着我往城里赶的时候，我已被病痛折磨得神志恍惚。母亲说我一路伏在父亲的肩上都在念叨着桃子，桃子。

从睡梦中醒来时，只见周围一片惨白，我心里依旧想念着那些饱满的蜜桃。父亲低声询问前来给我打针的护士："他能吃蜜桃吗？"护士说："冷的不能吃，如果实在想吃的话，得用冰糖炖热了才行。"

几个时辰后，父亲从外面的路上赶来。他宽阔的肩膀上压着一只棕色网格的麻袋，袋中全是硕大的桃子。母亲到附近的饭店借了火，为我端来温热的冰糖炖蜜桃……

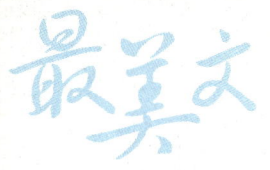

时至今日,我仍然记得当日父亲的肩膀,他让后来的我始终不敢逾越道德的雷池,去重犯童年的错误。对于叛逆的儿子来说,父亲的肩膀既是铁面的责罚,亦是牢固的爱与宽容。

(原载《语文报》2014年第18期)

有些爱是沉默的,就像那远处的静静矗立的高山。父亲就像这些高山!

暖透一生的奶酪

文 / 崔修建

爱是生命的火焰，没有它，一切将变成黑夜。

——罗曼·罗兰

她曾暗暗地喜欢过他，但一向自卑的她，从未跟任何人袒露过这个秘密，只是把一份清纯的情感永远地压在了心底。

那时，她和他在那所教学水平极其落后的乡中学读书。她是他的前桌，但两人几乎没说过几句话，因为她那时平凡得实在是太不起眼儿了，成绩优异的他却一直是老师和同学心目中的焦点。

后来，全班唯一考入县城高中的是他，自然他也是全班唯一的一个大学生。再后来，他考上了研究生，去了美国。这期间，他和许多同学都断了联系。

初中一毕业，她便开始年复一年地伺弄那几亩责任田。20岁那年，她听从父母的安排出嫁了。她嫁的那个男人懒惰又好喝酒，还时常粗野地打她，打得她身上紫一块青一块的，让人看了心疼。

在一个炎热的夏日，她那喝醉了酒的男人，失足跌落到村外的一条小河里溺水而亡。后来，她又嫁给了一个老实巴交的男人。安稳日子没过上一年，她的第二个丈夫又不幸在翻山抄近路回家时，被采石场突然炸响的哑炮掀起的石头，砸中了太阳穴，连半句遗言也没留下，就匆匆地撒手

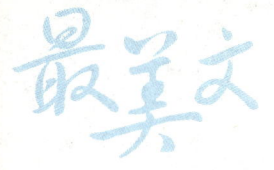

而去。

这时,她已是两个女儿的妈妈,小女儿刚刚满月。守着两间破败的草房,加上一大摊子外债,日子窘迫得让她看上去比实际年龄要苍老十多岁。

村里有人背后说她命硬、克夫,她也惶惑:自己的命咋这么不好?怎么连一份艰难的日子也不让自己支撑下去?

偏偏在这个时候,更大的不幸又降临到了她的头上——她被检查出患了严重的肝炎,医生叮嘱她一定要少干重活,还要抓紧时间治病。要不然,恐怕……面对那冰冷的诊断书,她欲哭无泪。

在那个飘雪的冬天,她木然地徘徊在村边的冰河上,心冷得如拂面的凛冽寒风。是女儿那一声声急切的呼唤,让她揩去眼角的泪水,拖着沉重的身子走回家中,点燃潮湿的柴禾,给漆黑的小屋添一份暖意。

这个春节该怎么过呢?无法挥去的愁绪缠绕在她的心头。

傍黑时分,村长大声嚷嚷着,给她送来一张寄自美国的贺卡。那是一张十分精致的贺卡,上面画了一块大大的奶酪,还有两行充盈着诗意的话语——真情如奶酪,芳香永远飘逸在岁月的深处。

哦,是那个不曾忘怀的他寄来的漂亮贺卡。他的一语简单的问候,宛若一缕温馨的春风,吹入她几欲绝望的心田。捧着贺卡,她的眼角一阵灼热——这么多年了,难得他还记得她这个同学,记得给这个藏在山旮旯里的"丑小鸭"送上一份真诚的关心和祝福。

"妈妈,这是什么?"四岁的大女儿指着贺卡上的奶酪问道。

"这是奶酪,很好吃的一种东西。"其实她也只是听说过,从未品尝过奶酪的滋味。

"那我们什么时候能吃到奶酪呢?"女儿的眼睛里闪着渴望。

"会的,我们会吃到奶酪的,妈妈一定让你们早点儿吃上奶酪。"她紧紧地把一双女儿揽在怀里,一个热烈的希望开始在心头荡漾。

没错，就是那突然而至的一张贺卡，那一语久违的问候，让她骤然感觉到被关切的温暖，感觉到眼前的生活远非自己想象得那样糟糕，还有很多美好的事情等着她去做呢。

一番思虑后，她拿出家中全部的积蓄——50元钱，买了两对种兔，开始圆一个大大的、又是真切无比的梦，她的勤劳和坚毅，终于感动了上苍。三年后，她成了全县有名的"养兔大王"，100多平方米的大房子盖了起来，银行里的存款已突破了十万元，她的病也在北京彻底地治好了。

那天，她领着两个女儿，走进了省城的一家精品美食屋，第一次"奢侈"地买了两大盒奶酪，母女三人欢欣地品尝了起来。

味道真是好极了！那股特有的芳香，只有她才能品味出来。

坐在布置得漂亮的卧室里，拧亮台灯，她再次打开他寄来的那张贺卡，轻轻地抚摸着那块诱人的奶酪。她眼睛湿润，喃喃自语道："谢谢，谢谢老同学，是你冬天里那一句温暖的问候，才让我拥有了今天的这一切……"

这是我最近在回乡的列车上听到的一个真实的故事。在细细地品味时，我蓦然发觉：在我们平凡琐碎的生活中，多么需要那样濡染心灵的情感奶酪啊。如果人人都能慷慨地馈赠他人一份真情，那么我们眼下的日子里，又该增添多少奶酪一样的芬芳呢……

（原载《语文周报》2014年第24期）

赠人玫瑰，手有余香。一份爱心就是一场心灵的洗礼与感化，让人们如沐春风，让生活如奶酪般芳香。

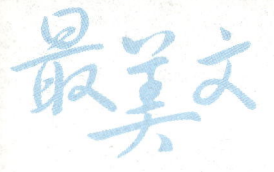

为了幸福的巴格达

文/程刚

帮助他人的同时也帮助了自己。

——罗夫·瓦尔多·爱默森

扎依里早早起床，洗漱完毕，匆匆吃了口饭，便开着出租车奔走在路上。这是一辆新车，也是他的第二辆车，在安全局势持续恶化的巴格达，这样的新车好像不多了。他的第一辆车是一次爆恐袭击中损毁的，当时他正在一个集市边上等人，突然一声巨响，幸好那时他去解手，不在车上。

一天，一个背着书包的学生坐上了他的车，扎依里笑着问他去哪？那学生说去乌斯托镇。扎依里立即发动汽车。"师傅，好像巴格达这种新的出租车不多了，这是新买的吗？"学生问。"是啊！上个月刚买的。"扎依里笑着回应他。"这里都这样了，为啥还要买新车，说不定啥时候就被炸坏了。"学生又问。

扎依里沉默了好久，意味深长地对学生说："为了幸福的巴格达，为了我女儿。那天学校正在上课，旁边的菜市场突然一声巨响，学校的玻璃窗全都震碎了，女儿和学生们都跑了出去。一个青年受伤了，躺在学校的门口。女儿看见了，一边喊老师一边跑过去帮他捂伤口止血，可就在这时，不远处又是一声巨响，女儿被震晕了过去。后来才知道，那个受伤的家伙竟然和暴徒是一伙的，他因为身上的装置没爆炸，被别人爆炸的装置炸伤，瞬间感到恐惧便逃出了菜市场，跑到学校门口便瘫在了那里。"

"你女儿怎么样？"学生问。"女儿什么都看不见了。"扎依里说。"那她是不是很悲观？"学生又问，扎依里摇摇头，说："女儿很乐观，她还告诉我，当伊拉克到处都是新车的时候，就再也没有恐惧了，就要开始过幸福的生活了。她要我带头买一辆新车……我答应了女儿的请求，卖掉了那辆旧车，又借了些钱带着她亲自去买了一辆新车。""那她后来知道他救的人是暴徒吗？"学生问，"知道。""那她不怪吗？""不怪，她说救他是自己的义务，巴格达需要这种不掺任何杂质的温暖。"扎依里说。

"可就算你买了新车，有什么意义呢？社会还是这样。"学生问。"还是义务，巴格达是我们的，不是那些暴徒的。他们可以毁坏我们的家园，扰乱我们的生活，但我们必须要有自己的生活节奏和向往，我们还可以在这里重建、经营我们的家园。直到有一天，让那些暴徒也懂得幸福的含义。"扎依里坚定地说。

第二天，扎依里照常出车。突然几个安全警察找到他，笑着问他昨天是不是拉过一个学生模样的人。"是的，他本来要去乌斯托镇，后来在一个警局那里下了车。"扎依里平静地说。安全警察笑了，握住扎依里的手，对他说："谢谢你，教育了一个暴徒，为巴格达避免了一次伤痛，他是去警察局自首的。"扎依里突然冒出一身冷汗，但转回头便笑了。他开足马力往家赶，他要告诉女儿，追求一个幸福的巴格达，已见到了成效。

（原载《微型小说选刊》2016年第7期）

每个人都有随时改变的可能，也许是因为一句鼓励的话，也许是因为一个相信的眼神。拿出你的爱，去帮助那些需要帮助的人吧。

爱的鼓声

文 / 段奇清

这世界要是没有爱情，它在我们心中还会有什么意义？这就如一盏没有亮光的走马灯。

——歌德

一个人不仅要给人留下深刻的印象，而且做人做事更得高亢激昂，响声飞扬。

那段时间，她总希望能给人以震撼，可是，她的人生就像鼓面严重受了潮的大鼓，不管怎样都发不出应有的声响。是的，她无时无刻都在想突破自己，一直在寻找创作灵感，可思维就像有了皱褶一般，处处受阻。

那天，丈夫刘淳晴要去台湾主持商务洽谈会，她将丈夫送上飞机后，回到家中就又去寻找灵感了。在台湾的刘淳晴时刻都惦记着她，他每天都会打电话，问她吃了什么、睡了几个小时。她总说吃得好，睡得好，丈夫也就稍稍放心了。

处理完事情，刘淳晴匆匆飞回北京。可家中的景象不禁让他大吃一惊：屋子里乱糟糟的，妻子憔悴地坐在一堆光碟、书籍之中，头发零乱，身旁放着几个空的酸奶盒子……

这几天，她把自己关在屋子里，完全打乱了正常的生活秩序，一个劲地冥思苦想。丈夫痛心地说："你这样苦苦逼迫自己只会适得其反，静下心来做好现在的,一旦时机到了,一定会有灵感。"她无心听这样的话,推开丈夫去了书房。

他心疼地注视妻子的背影,心想:妻子为了艺术所付出的一切,唯有自己最懂。而他所能做的,就是认真打理好自己的生意,尽可能多赚一些钱,让妻子从沉重的经济压力中解脱出来。

她所组成的舞蹈团的全部费用都得靠演出去挣,一年得演出300多场,她每天都在紧张忙碌里度过。许多时候连续一个星期每天只能睡2个小时,商演让她一颗飞扬的心被砸落在红尘中,敏捷的思绪也远离她而去。

他一心要为妻子分忧,没想到,正在商海紧张打拼的他也陷入困境。那几天丈夫在日本,在接到丈夫的助理打给她的电话后,她立即乘飞机飞到了丈夫身边。那一刻,是轮到她大吃一惊了:才几天工夫,只见刘淳晴嘴唇边满是燎泡,人黑黑的,整个人瘦了一大圈。

那些天,刘淳晴公司所有的进货渠道都被同行堵死了,他们从日本独家空运生鱼的通道也被人抢占了。刘淳晴赶到日本和生鱼供应商谈判,却没有任何结果。当他想到自己的生意一旦受损,妻子的压力会更大时,便忧心如焚。好几次,刘淳晴半夜起来在酒店外边晃荡,自言自语,也不知在说些什么。

见到丈夫遇到这么大的难处也不让自己知道,她又悔又恨,伤心地哭了。这次在日本她竟然待了一个多月,买桑叶、枇杷叶、甘草等,每天一早就在酒店中熬好端给刘淳晴喝。让刘淳晴更感宽慰的是,她还通过在日本的人脉关系打通了一个个关节,帮助他找到了新的客户资源……

这也让她有了一份惊喜,丈夫跨过了这一坎,让她有着一种从没有过的轻松,思路也敏捷了许多。她想:没有必要总离多聚少。

2009年1月,她特意与丈夫到老家洱源,看万物复苏的景象。一天,他们坐在地上,看着四野焕发出的绿色生机,嗅着似醇酒般新草的芬芳,听着如梵乐般的天籁之音。突然,她感觉到有"咚咚"的声音在响,一抬

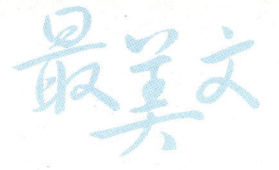

头,她看见一条缠绕在树枝上的绿色的蛇正用尾巴敲打着自己头上的草帽,如发现一曲最为美妙乐章的她,忙不迭拉着丈夫的手要他看。

没想到刘淳晴大叫一声,拉起妻子就跑,可没跑多远,一个踉跄,他摔倒在了地上,原来是慌乱中他被一条藤绊倒了。

她大笑:"跑什么,这又不是毒蛇!"可是,她看到了丈夫一副痛苦表情的脸。"你怎么了?"她赶紧去拉他,他却"哎哟"地叫开了。她这才知道他的右膝盖骨脱臼了,动一下就如针扎般疼痛。且还有一根树枝扎进他的左腿,足有半寸深。

当她将树枝拔出来后,血顿时汩汩往外冒。她赶紧用一块干净的手帕为丈夫包扎,又扶着他到村子找接骨师接骨,随之又去卫生室清洗包扎伤口。

也许连吓带伤,晚上刘淳晴开始发烧,她决定带他回北京。"你把我送上飞机就行了,你安心在这里做自己该做的事情吧。"她感到一阵心酸,握住丈夫的手:"你看以前我做得是多么不够,你成了这样还不让我管,我陪你回北京吧。快要过年了,今年我们俩就在北京家里过年吧!"这可正是他所期盼的,结婚十多年了,他们从来就没有好好过过一个年。

大年三十吃年夜饭的时候,刘淳晴握住妻子的手,久久地凝望着她:"这次虽说我受了一点伤,可觉得挺高兴的,和在日本一样,让我感到你从'女神'回到了人间,变成了一位温柔能干的妻子。"丈夫的话,让她心中不禁一震:就是这次回到洱源老家,聆听大自然的声音,也让自己听到了丈夫内心的声音。

俄而,她兴奋地对丈夫说,"我有灵感了,下一个舞蹈的主题是'声音'。"她沉思片刻,又说,"不过,具体名字是什么,我还不太清楚。"刘淳晴痴痴地看着妻子,心中漾起无限喜悦:那个精灵般的舞者就要回来了。

是的,她就是杨丽萍。

春节过后,杨丽萍准备开始新的创作,忽然,在一旁的刘淳晴大叫了起来:"有了,萍萍,舞名就叫《云南的响声》!"

原来前些时,也就是2009年元旦,杨丽萍去中缅边境采风,刘淳晴也陪她一起去了。在那里,一天,她发现了十几个大鼓,一下子激动得脸颊绯红,这就是她一直在寻找的那种鼓啊!

杨丽萍拉着丈夫的手,兴奋地告诉他这种鼓的来历:它已有几百年的历史,为了制作这种鼓,人们在丛林里往树上扔鸡蛋,鸡蛋打在哪棵树上不碎,这棵树就被砍下。锯成一截截的,将木头中间掏空扔到泥塘里,浸泡一两年再拿出来做鼓。这种鼓身没有一处接缝的鼓,历经百年也不开裂,敲出来的声音隆隆的震撼天地。

2009年5月7日,《云南的响声》在昆明首演。演出获得巨大的成功,被誉为《云南印象》的姊妹篇。不,这不仅是印象,而是一种震天撼地的响声!

夫妻间的挚爱,在一起的相互交流与启发,让她一发不可收。2011年,她创作出的《孔雀》让她的人生飞得更高远……

爱是艺术的根,爱是灵感之源。人生也许是一面鼓,只因有了爱,相爱的人有了更多的交流和启发,才能让你的人生发出最响亮最动人的声音,展示出无限的艺术魅力……

(原载《做人与处世》2014年第23期)

士为知己者死,女为悦己者容。每个人在没遇到另一半之前,都是一副肆意流淌的姿态,仿佛心灵没有着落。可是一旦遇到对的人,便会发生很大的转变,这就是爱情的力量!

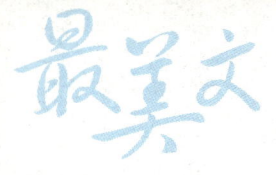

奇气磊落撑苍穹

文/奇清

　　我会拥有这样的爱情——全世界在我眼中分为两半：一半是她，那里一切都是欢喜、希望、光明；另一半是没有她的一切，那里一切都是苦闷和黑暗。

——列夫托尔斯泰

　　一个执著深爱的人，心地光明磊落，其映射出来的必然是一股奇瑰之气。她叫唐筼，又名"晓莹"，出生于1898年，祖籍广西灌阳。有人说，唐筼奇崛瑰美宛如山岳河流：高崖充罗幕，清川披华丹。

　　之所以瑰美奇丽，人们都说唐筼是受到了家庭的熏陶：她的祖父唐景崧是同治四年的进士，中法战争时，任吏部主事的唐景崧慷慨请缨。因功擢升，后任台湾巡抚，在中法战争中屡建功勋，是令人景仰的爱国将士。也许如人们所说：家风淳厚，福祚绵延，但也更在于她能勤奋修习。

　　唐筼自小就特别爱读书，在天津念书期间，她的文化课成绩非常优秀，还喜爱音乐、美术等。暑假时，别的女孩子往往上街逛集市去了，她却待在家中，用旧报纸练习书法，因而书法成就曾得到散原老人陈三立等多位大家的赏识。绘画也有相当造诣，在北洋女师学习期间，唐筼的钢笔画曾被收录于《也同欢乐也同愁》一书中。

　　她文武双全，当时，女子体育教育已开始流行，唐筼凭着过硬的体育能力争取到公费学习的名额,于 1917 年初,前往上海基督教女子青年会设立的体育师范学校就读。两年后以优异成绩毕业,回到天津母校担任体育部主任。后来,她又到南京金陵女子大学深造,就读体育专业本科。毕业后,任职于北京女高师,曾是许广平的老师。

"险语突兀泣鬼神,奇气磊落撑苍穹",这种奇崛之气不仅撑起了唐筼璀璨的学业,而且撑起了她的一片熠熠生辉的爱之天空。在北京,有人说唐筼是漂在京城的"剩女",因为那时她已是二十九岁的"大龄女子"了。也许应了这样一句话:爱情不是寻找来的,是等来的,"撑"来的。

那是一个周末,见窗外花事零乱,一种诗情在她心中漫泛上来,于是找出祖父的两副条幅:"苍昊沈沈忽霁颜,春光依旧媚湖山;补天万禾忙如许,莲荡楼台镇日闲。"另一副是,"盈箱缣素偶然开,任手涂鸦负麝煤;一管书生无用笔,旧曾投去又收回。"

她曾许多次看过它们,见到诗幅就仿佛感受到了祖父当年的英豪之气。这一天,她将它们挂在居室的厅堂之上。

一次,清华有几位同事于闲谈中,有一位偶尔提到曾在一位女教师家中,看到墙壁上悬挂的诗幅末尾署名"南注生",这位同事不知"南注生"是什么人。

其中有一位教授吃惊地说:"此人必是灌阳唐公景崧之孙女也。"南注生是唐景崧的别号,其写的"请缨日记"这位教授早已读过,于是有了不久后登门拜访女教师的冒昧之举。不错,这位教授是陈寅恪,女教师就是唐筼。

陈寅恪祖籍福建上杭,1890 年生于湖南长沙。祖父陈宝箴为清末湖南巡抚,系著名维新派骨干;父亲陈三立是晚清著名诗人。其时,陈寅恪从德国柏林大学毕业回国,以学识渊博,通晓数十种语言文字而受聘于清华国学研究院。年已三十七,仍没将婚姻放在心上。

他去观摩"南注生"的诗幅时,与唐筼相识并一见钟情。第二年,即

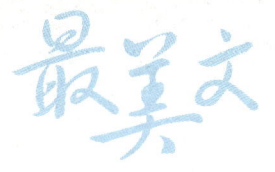

1928年，两人在上海结婚。因奇崛瑰丽而在时光中"撑"着，就这样撑出了两人的旷世奇缘。

婚后，二人你侬我侬，恩恩爱爱，可这段奇缘似乎注定了让唐篔更费力地撑持着。婚后，很快迎来他们爱的结晶，但就在大女儿出生时，以前患有心膜炎的她，被诱发为心脏病。在呼吸感到异常困难时，她想到了母亲，母亲是在生她时难产而逝的。可她就是要硬撑着：不能让他没有了妻子，甚或没有了孩子。唐篔的这种因对丈夫的爱而坚强、而撑持，终于让死神放手。

随着第二个孩子、第三个孩子的出生，家务越来越繁重，家庭事业两难全，瑰丽高雅的她把自己变成一个撑起一片家庭天空的旧式主妇，全力支持丈夫的展翅翱翔。

这段时间，陈寅恪任清华大学历史、中文、哲学三系教授兼中央研究院理事、历史语言研究所第一组组长，故宫博物院理事等职。她以丈夫的成功为荣，为孩子们的成长而欣喜。她以为他们这个家的天空从此以后就是晴好，一碧如洗，风和日暖了。可以放下自己高高举着的手，不必再吃力地撑着了。

然而，1937年，日寇发动全面侵华战争，夫妻两人拖儿带女，仓皇逃亡。此时，大女儿九岁，最小的才四个月。一路辗转，从北京到长沙、梧州，到香港。这时学界在昆明成立西南联合大学，丈夫去任教，她因长途颠簸心脏病复发，再也无法行走，只能带着三个幼小的女儿在香港暂住。

1940年暑假，陈寅恪到香港探亲，并等待机会赴英国，应牛津大学之聘。然而，欧洲战事导致地中海断航，他只好暂住九龙，在香港大学任客座教授。1941年12月，日军发起太平洋战争，香港沦陷。日本人以"日币四十万元强付寅恪办东方文化学院"，俯首事敌岂是陈寅恪的性格！他只好带着全家仓促地逃离香港，先后任教于广西大学、成都燕京大学。

为了打理好家，唐篔不得不精打细算，丈夫身体不好，为了给他补充营养，她曾买过一只山羊，每日挤一碗奶让丈夫喝下。生活常常捉襟见肘，她却将家庭的里里外外，打理得井井有条。这一切丈夫看在眼里，疼在心上，他不止一次地对儿女们说："你母亲是这个家的主心骨，没有她，就没有这个家。"丈夫的话让她心中如同抹了蜜一样，一切累和苦全都烟消云散。

可这时病魔却像沉重的乌云向丈夫袭来，由于战争环境中的颠沛流离、劳作辛苦，使得陈寅恪患上眼疾且日益恶化。到1945年8月，他因视网膜脱落而导致双目失明。9月，陈寅恪应英国皇家学会邀请赴英治疗，英一流的眼科专家对他的眼疾实施两次透热疗法，但未能有明显效果。视力仅仅达到从明亮处视物，能见到模糊轮廓。

复明无希望，陈寅恪有一种生不如死的痛苦。"百年夫妇百年恩，纵沧海、石填难数"，唐筼以女性全部的体贴安抚丈夫身心的创痛。除了细心照料丈夫，她还为他查阅资料，诵读报纸、信件，并承揽了家中所有来往书信的回复，能诗善文，上佳书法，让她比丈夫做得一点也不差。

本以为一路艰辛地走来，晚年可以笑看夕阳，不料那场声势浩大的运动又将一切都碾压得几乎成为齑粉。一浪高过一浪"触及灵魂"的"斗争"大潮，一次次地侵凌着夫妇俩的身心。作为"反动学术权威"的陈寅恪被迫不停地写检讨，写交待材料；卧病在床的他，连喝一瓶牛奶都要申请。一代学者，风烛残年里，受尽屈辱和折磨。

此时，有多少人要唐筼和丈夫划清界限，她却坚定地和他在一起，身兼护工、秘书，帮双目已失明、一条腿伤残的丈夫写永远也写不完的"材料"。她为他累得头发花白，佝偻着腰，还要遭受造反派的拳打脚踢。

一直以来，唐筼常年受心脏病的困扰，如在香港时她心脏病复发，竟至病危。从桂林往成都途中又染痢疾，一个多月后才痊愈，"文革"的磨难，使得她的身体变得一天比一天更糟。

陈寅恪说，我一直想先她一步离去，看来这个愿望成了泡影。悲痛之

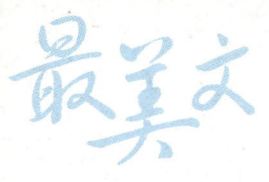

余，他以颤抖的双手，摸索着为她写了挽联："涕泣对牛衣，卅载都成肠断史；废残难豹隐，九泉稍待眼枯人。"真挚的情感跃然纸上，几乎每人见了这副挽联，都禁不住潸然泪下。

没想到，唐筼就如同这一辈子一样，坚强地撑着，不肯离去。1969年10月7日，被誉为"三百年乃得一见的史学大师"的陈寅恪凄凉离世。此时的唐筼已卧病在床，她没有流一滴眼泪，很平静地处理了丈夫的后世。四十五天后，即同年11月21日，唐筼也走了。这年，他七十九岁，她七十一岁。

有人说唐筼死于心脏病；也有人说她大半生靠药物维系生命，停药十余日，生命就能轻松结束。也许是丈夫去后，她认为自己再也不需要撑了，撑着实在太累太累！总之，唐筼是追随陈寅恪去了，这对才德兼备的唐筼来说是生死相随、生命相依。

唐筼被誉为"中国好女人"，陈寅恪是精通西学的"中国文化的托命人"，是"近三百年来一人而已"的大先生。"须臾静扫众峰出，仰见突兀撑青空"，陈寅恪撑起了一片学术的天，而唐筼为丈夫学术的天空撑起了一片明丽的家的天，也撑起了世间一片最撼动人心最美爱情的天空……

（原载《做人与处世》2014年第3期）

我们该有多幸运才能遇到这样一个人，她无怨无悔地陪着你走很远的路，吃很多的苦，却从来不要求回报。愿你能早日找到那个他（她），如此，此生无憾矣！

内心深处安个家

文 / 清翔

永远记住这点：世上最不平凡的美是家里的美。

——萧伯纳

有诗说："白云深处有人家""藤萝深处有人家"，这样的家或许飘逸、清悠，但未必就是幸福的。一个幸福快乐的家，一定是安在内心深处的。

一次，他的小说在国内获得大奖后，一个年轻漂亮的女子来到他们家，对他说，"你和你妻子的学识水平、文化层次不对等，根本就是两个世界的人，你应该勇敢追求属于你自己的幸福。"女子是来向他示爱的，他说："你说得不错，我很勇敢，已追求到自己的幸福。"

看他一脸的甜蜜与真诚，根本不像是在说笑，那女子正纳闷之间，他又说，"爱情和学识、地位无关，而是与内心深处的灵魂有关。我早已认定，和我朝夕相的糟糠之妻，就是与我相伴一生的人。"

见年轻女子颓然而去，偶然在屋外听到这番话的杜勤兰进得屋来，靠在丈夫身上轻声抽泣，莫言抬起手轻轻抚去妻子眼角的泪水……

几十年来夫妇俩相濡以沫，总进行着灵魂与灵魂的对视。一个人要进入他人的视线很容易，但要走进其心灵却很难很难，那需要以情感的垒土一次次在他人心灵之台上叠加和累积。

莫言当年欲当一名作家的想法极为朴实极其简单,饿怕了的他听说当作家不仅可以不再挨饿,且生活质量"极高":每顿都可吃到饺子。倘若做了作家挣到吃饺子的钱,还得有人来做啊,比他大了两岁的杜勤兰虽称不上光润玉颜,转盼流精,但她特别能吃苦耐劳,淳朴利落。他相信她就是一位贤妻良母,能将面粉、韭菜、猪肉或羊肉等食材,包成香甜可口饺子的人。

当时,他们都在镇上的棉油加工厂做合同工,他清楚对方也喜欢他,想到贫寒的家境,莫言只能将这份爱慕之心深埋藏在心底。1976年冬,二十一岁的莫言应征入伍,他这才觉得有资格向心上人表白了。

那是一个大雪天,天地一片皓白,他约她踏雪观景谈心,途中,他向她表明了爱的心迹。听了他的话后,她心中如同生起了一盆火,暖融融的,这火又似乎照红了她的脸,她说:"那你赶紧托媒人到我家提亲啊!"

这时,有谁家的炊烟飘了过来,在一堆一垛的雪间缭绕着……两人顿然觉得,那充满烟火味的雪堆雪垛,不正是在预示着未来他们家有吃不完的白面饺子吗?

就是这样怀着对美满家庭的憧憬,他离开了家,成为驻扎在山东龙口的一名新兵。可这一去就是两年多,未曾能回一趟家。刚到部队,忙训练,还要学文化,莫言当然一刻也忘不了当作家的梦,时常埋头创作。

"征鸿排尽相思字,音信落谁家",她一次又一次盼着他有信寄来,可很少有鸿雁是停落在她家的。"红烛背,绣帘垂,梦长君不知",多少个夜晚,在夜风摇曳的烛光中,她深情切切地思念着远方的心上人。

一天,一只鸿雁停落在了他的书桌上,是的,那是她写给他的信,不,是画出的信。两年多来他之所以很少给她写信,除了忙,还有一个很重要的原因是她只念过两年书。由于日子艰涩,她很少有时间看书,所认识的几个字基本都遗落在了时光中。然而深深的爱就能变通出深深的智慧:写不了字难道还不会画画?

他拆开信，纸上画的是一个胖胖的男人，穿着厚厚的棉袄，正大口大口吃着馒头。他明白，这是在嘱咐他一定要穿暖、吃饱，长得白白胖胖的。看罢，他的眼眶不禁湿润了，他也很快给她画了一幅回信：一个胖胖的男人和一个女人围着土炕吃饺子，窗外是一串串鞭炮。

她收到信，高兴得泪花闪烁，她明白，他是在说：春节时他回家吃她做的饺子。流光过隙，她似乎还觉得慢，她是盼望着春节快点到来啊！

然而，过年时他并没有回家，直到这年的7月，他才向部队请假回到家乡高密。得到喜讯后，她连忙去车站接他，在见到她的那一刻，他哽咽着向她念了自己刚刚写的一首打油诗："当兵两年还故乡，车站广场听茂腔；此曲唯在高密有，使我潸然泪两行。"他一踏上家乡的土地，那熟悉的茂腔就让他禁不住涕泗横流。她知道，这是他对故土的热爱与眷念，也是对她爱的执著和坚贞。

可不是，他这次回乡是要和她成婚的，几天后，即1979年7月10日，这是两人大喜的日子，她坐在他骑着的自行车后面往新房去，路上他说，本来是要在春节时回家和你举行婚礼的，只因我手中的钱还不够，买不了"三大件"。这次他买回的"三大件"有自行车、缝纫机，但没买手表。他说，我在部队，不能够天天陪你说话，买了收音机让你解闷。

他的心可真细啊！她心中又平添几分温暖。他说，等我攒够了钱再给你补上手表。她连忙说，在部队，钱本来就不多，你还要买书，手表就不要买了，我不能让你太苦了自己。他们这个小家一建立，就安在了各自内心深处。

1981年，他们家双喜临门，在经过一次又一次退稿后，莫言创作的短篇小说《春夜雨菲菲》终于得以发表；更让一家人喜得合不拢嘴的是女儿管笑笑的出生。

双喜之外还有一喜，杜勤兰不久前成为棉油厂的一名正式职工，但在女儿出生后，她却辞职了，他愧疚不安地对妻子说："你熬了这么多年才成

为正式职工,但为了这个家你又把它放弃,真是委屈你了!"为了不让丈夫有心结,她幽默地说:"有啥委屈的,我回家务农是支持你当兵,说不定年底政府就授予我拥军模范称号,给我戴上一朵大红花,我高兴还来不及呢!"

打这后,她把一家十几口人的衣食住行以及十多亩地都打理得井井有条,家中没有什么事需要莫言操心,他也就把整个身心放在工作、学习和写作上。只念过小学的他,一边自学初中、高中课程,一边以独到的眼光挖掘生活中普通事件的闪光点,充满激情地创作,以致常常到深夜。

他并不像她信中所画的那样,好好照料自己,而总敷衍了事。正如他所说,创作是一个力气活,体力消耗大。到了半夜,肚子会饿得"咕咕"叫,他要么忍着,要么拿几根大葱煮水喝。时间长了,他患上了严重的胃溃疡。

此时,杜勤兰通过自学已能流畅地写信了,知道丈夫得了胃病后,她连忙写信告诫说:不能这样糟蹋自己的胃,它还是好多美味饺子的归宿呢!

同时她还请教老中医,她要到山上去采集治疗胃病的草药。她把采回来的草药熬成药汤,然后将汤汁和高粱面做成煎饼,托人带给丈夫。从此后,他写作到半夜,喝一口开水再吃一口充满草药香气的煎饼,让他身心俱暖,不禁文思泉涌。

由于有了爱意浓浓的内心深处的家,不仅严重地胃病痊愈,而且那中药汁煎饼也化作了红彤彤、布满山岗原野的"红高粱"。是的,那是他1986年创作出的中篇小说《红高粱》,小说经张艺谋拍摄成同名电影后,他就如同一片硕壮的红高粱,深深扎根在了山东高密,不,全世界广袤丰腴的土地上。

从此他一发而不可收,先后又创作出《生死疲劳》《丰乳肥臀》《四十一炮》《天堂蒜薹之歌》《蛙》等传世之作。2012年,他以小说《蛙》成为中国第一个摘取诺贝尔文学奖桂冠的作家。

2012 年 12 月 11 日，他携妻子到瑞典参加颁奖仪式，他从瑞典国王卡尔十六世·古斯塔夫手中接过诺贝尔证书、奖章和奖金支票，随后来到妻子面前，深深鞠了一躬说："我最大的成功，不是写出多少名篇，而是有一个幸福的家庭。"

第二天晚上，杜勤兰特意在当地华人家又为丈夫包了一顿饺子。在瑞典，莫言参加各种盛大的宴会，吃得无不是山珍海味，可他说，"这是我在瑞典吃得最好的一次，感觉像回到了家中，因为我始终认为妻子包的饺子是世界上最美的美味。"

内心深处有个家，它是既坚固而又是会行走的，无论到了哪里，它都能给你心灵予以最温暖的呵护；它既朴实又豪华，就像夜空中的星星，举头可见却烁烁生华。

（原载《语文报》2015 年第 19 期）

多少次，我都在梦里回到那个让我魂牵梦绕的地方，那里有我的过去，还有我的双亲。有家，就有爱；有爱，就有希望。

别和母亲"失联"

文 / 汤小小

事其亲者,不择地而安之,孝之至也。

——庄子

我到了一个新城市,找了一份新工作,换了一个新号码,很稀松平常的一件事情,没有觉得有任何不妥。

上班后的第三天,深夜,手机忽然响起来。我睡得正香,索性直接按了关机。第二天一开机,发现有几十个未接来电,而且,号码也五花八门。一夜之间这么多未接电话,会有什么惊天动地的大事呢?

怀着好奇,我回拨了其中的一个。电话很快接通,一个沙哑的声音传进耳朵中:"你怎么不接电话?你要把人急死啊!你知道吗,妈都一天一夜没合眼了,火车票都买好了,准备去找你!"

是姐姐的声音,但是,干嘛这么激动,日子平淡得跟水一样,怎么到了她那里,就成了惊涛骇浪?

见我没事儿人一样,姐姐一连声地指责:"你换了号码不知道给家里说一声啊?你刚到一个新地方,妈不放心,打你电话又打不通,还以为你出什么事了呢。"

我这才想起来,我换了号码的事,忘记给家里人说了。结果母亲打电话打不通,越想心里越害怕,独自担心两天后,哭着找到姐姐。姐姐就满世界给我朋友打电话，要到我的新号码，也不管深更半夜了，一遍遍地给我打。怕我被绑架，一个号码频繁出现而惹麻烦，便买了一大堆卡，不停地换着打。

虽然老妈和姐姐整得跟演连续剧似的，又搞笑又夸张，但母亲接过电话喊一声我的名字后就哽咽着说不出话来时，我的眼泪哗一下子就流了出来。

记得我第一次出远门，在外闯荡一年，过年时回家，提前给母亲打了电话，然后，就心安理得地开始了长途跋涉。

火车一路很顺利，转汽车时，却不巧晚点，本来应该是下午两点到家。结果，一直到晚上六点，汽车才到达终点站。

下了车，一眼看见母亲就站在路边焦急地张望，冬天的风，把它的头发吹得凌乱不堪，一根根银丝翻卷，刺痛了我的眼。

我赶紧走过去，责怪她："这么冷的天，你站在这里干什么？在家等我就行了。"

母亲却一下子扑进我怀里，随即，双肩开始剧烈地抖动。我站在那里，有些不知所措，也有些莫名其妙。我就是回趟家，母亲至于这么激动吗？好像刚刚经历了生离死别似的。

我没有想到，在母亲心里，刚刚真的就品尝了生离死别般的伤痛。本来，孩子要回家，她是满怀欣喜的，可是，两点过后，她的心就开始一寸寸不安起来。电话一个接一个地拨，却一直提示无法接通，一个人在车上，晚点了还没到家，电话又打不通，会是什么状况呢？

那么多的交通事故，想想都让人胆战心惊。时间每过去一秒，母亲的心就往下沉一分，她终于再也坐不住，顶着寒风跑到路边守候，并打定主意，如果再等不到我，就坐上出租车循着我回家的路，一路寻过去。

可是，母亲急成这样，我怎么没有听到电话声呢？我掏出手机，细看才发现，卡松动了，根本接收不到信号，难怪这一路上如此安静。

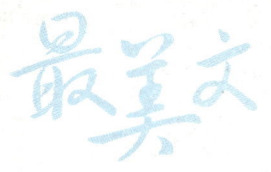

可是，想想我一路上睡得安稳，母亲却一直担着惊受着怕，在寒风里泪如雨下，我的眼圈就忍不住红了起来。

这样的事情，到底发生过多少次，我自己也数不过来了，反正自从离开家，这样的桥段就经常上演。以前一直觉得没什么大不了，可是看到母亲的眼泪，我才知道，在母亲眼里，这真的是一件很严重的事情。

每个儿女，长大了，都会离开父母，去过自己的生活。可是不论你走多远，母亲的牵挂从不会断线，她会时刻关注着你的一举一动，你过得好，她便心满意足；你稍有闪失，她便惊慌失措。我们无法阻止母亲的牵挂，唯一可以做的，就是时刻和她保持联系。任何时候，只要她想找你，一个电话，就能听到你的声音，这样她才能踏踏实实地安度晚年。

不论多忙，不论处境多么艰难，都不要和母亲"失联"。即使只是短暂的几个小时，对于母亲来说，都是难以承受的生命之痛。

（原载《做人与处世》2014年第22期）

孩子大了就要展翅飞翔，飞到不知名的远方。可是，即使飞得再远也千万不要忘了有个人一直在殷切地期盼着，担心着你。那个人，就是母亲！

第六辑

请再给我多一点时间陪着你

　　看过很多小说，都以为那些剧情是虚构的，而当它真实地发生在生活中时，我们才相信真爱就在身边。它所给我们的，不只是美丽和感动；更多的是提醒我们，珍惜生活、珍爱生命，多留一点时间给爱的人。

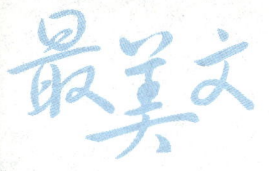

如果爱意可以快递

文 / 李瑞

父母者，人之本也。

——司马迁

像大多数青春期偏执、逆反的孩子，我总觉得父母思想落后、迂腐，和他们有着严重的代沟。要么对他们大吼大叫，要么干脆懒得搭理他们。

上初中的时候，周一至周六我都在全封闭式的寄宿制学校度过，周六傍晚一放假我就像脱了缰的野马狂奔回家。到家后不洗澡不吃饭唰地跑到客厅打开老旧的黑白电视看动画片，对于父母的唠叨充耳不闻。一天，看动画片正起劲呢，我妈在边上和我说话，我爱理不理，突然她姿态放得很低，用很讨好的声音说："你看你的，你随便嗯几声应付我就好。"

由于收不到很多频道，我经常抱怨让老妈换新的。我妈说这电视好好的，换新的多可惜。初一下学期，家里的黑白电视换成了彩色的并打算安装卫星电视接收器。问题来了，我想继续放客厅，但老妈执意要放他们卧室，老爸在旁边不吭声，我问为什么，她一直支支吾吾说不出个所以然。争红了眼，我对老妈大吼大叫，老妈蹙着眉头望了我一眼，深深叹了一口气后向我缴械投降。回到学校后不久我收到老爸发来的一条短信：女儿啊，你妈想把电视放在我们屋是希望你能多陪我们说说话……

高中的学校离家就 5 分钟的车程，不再寄宿。每天早上七点上早自习，由于选择了文科，我一般不到六点就起床背书，那时我一直郁闷一件事：无论我起的多早，老爸总是早我一步起床。晚自习回家一般都超过 11 点，有时候打扫卫生或者请教老师题目可能 12 点才回家。回到家我就开始喋喋不休地批斗老师，抱怨考试，稍一不顺心就放大嗓门和父母顶嘴。吃完丰盛的夜宵我磨磨唧唧地去刷牙洗澡然后上网，美其名曰是查题目实则上网看小说、看视频。

我不睡，老爸再困也不会睡，一天中午回家，没有看到站在家门口张望的老爸，心里一紧。老妈说老爸中午突然昏迷，现在在医院，老爸在床上躺了好几天都没醒。一天晚自习回家后，老妈激动地告诉我老爸傍晚醒了，醒来的时候他的嘴巴一直在动，老妈连忙把耳朵凑了过去："你慢慢说，我听着呢。"老爸虚弱地说："女儿回来没，你快去给她做饭。"我顿时泪如雨下。

高考时填报志愿，我选的省份全部离安徽省很远，一来小节日就不用频繁回家从而向那些说我不懂事的人证明我不会想家，二来可以自由自在做自己想做的事从而不被知晓，最终我要去离家两千里之外的湖南上学。

高考后的那个暑假因为思想不同和父母争吵了无数次，要出发去湖南上学的前一晚还顶了起来，我面红耳赤地对着我妈吼："鬼才会想家！"我妈被我气得不轻："你给我滚，有本事别回来了！"第二天早上，我没和我妈打招呼就离开了家。我知道我走的时候她是醒了的，或者说彻夜未眠。

我爸大包小包地把我送到学校，他买了第二天下午 4 点多的车票回家，2 点多我催他去车站，他不吭声，来回环视我们寝室，一会摸摸这儿一会摸摸那儿，我又催他。他低着头走到我床边坐下，轻声说："要是你一直不长大，多好。"

大一上学期我几乎没打电话回去，傍晚看搞笑视频正嗨，我爸打电话过来："女儿啊，怎么这么久不打个电话回家？你妈一直念叨你呢，怕打扰你上课也没敢给你打。"没几天，上课的时候手机震动一下，跳进了一条短

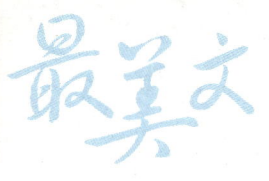

信:"女儿啊,在干嘛?"想起暑假我妈非让我教她发短信,我还不耐烦地数落她,小学都没毕业,这种高科技你们这些老古董怎么可能驾驭得了?嫌她手脚太笨潦草说了几句便没耐心教下去了。可怜我可以对陌生人耐心客气,对父母却刻薄苛刻。肆无忌惮地伤害最爱我们的人,这也是大多数年轻人常犯的错误吧。

寒假回到家,老妈把湿漉漉的手往围裙上使劲蹭了蹭就过来拉我的箱子,然后让我赶紧洗手吃饭,她姿态谦卑,拘谨得就像在迎接是贵客,客气得让我不知所措。一桌子丰盛的菜,我却味同嚼蜡,凝望着还正在忙碌的老妈,我放下筷子,从背后轻轻地抱住了她。

在父母眼里,自己的子女都是心肝宝贝,不管他们用怎样的方式关心我们,都彰显了浓浓的爱意。尽管父母有时的观点和我们之间确实存在代沟,但不要反驳,因为倾听也是一种孝心。

如今,我在湖南,老爸老妈在安徽。总会在某些时刻羡慕那些时刻陪在父母身边的人,1000公里的距离,如今成了我最深的羁绊。

老爸老妈,如果爱意可以快递,我愿穿越时空及时握住你们的手。

(原载《语文周报》2015年第6期)

> 人总是要长大的,要带着梦想和行囊远行。漂流的日子虽然无助,可是有了父母的千里陪伴,我们才没有在中途放弃。

爱的表达

文 / 宋传德

> 亲情，不论何时，不论何地，她都将永远陪伴着你。
>
> ——英国谚语

她是南京市一家国企的职工，丈夫是警察，日子过得挺安稳。2001年初夏，她时常感到后背隐隐作痛，想着可能是近几天过于劳累所致，就吃了几片止痛药。几天后，后背出现钻心的疼痛。去医院检查的结果让她和家人都大吃一惊：白血病，治疗的办法就是骨髓移植。

她有一个弟弟和一个妹妹，检验的结果是妹妹柏翠云的配型成功。在姐弟三人中，翠云是最淘气的，姐姐的性格则完全不同，从小就知道疼爱弟弟和妹妹，有好吃的东西总是让给他们。成年后，也经常帮助弟妹两家。

当得知配型成功时，急性子的妹妹连想都没想就做出了决定，尽管家里人有顾虑，但救姐姐的心没有半点迟疑。"家里人同意我得捐，不同意我也得捐！"翠云说，翠云家境一般，下岗后，靠送报纸维持家用。最让人痛心的是，丈夫也在姐姐患病的那一年得了癫痫病，整个家就靠翠云一个人支撑着。

两个月后，姐俩一同踏上了北上的旅程，去做造血干细胞移植手术。

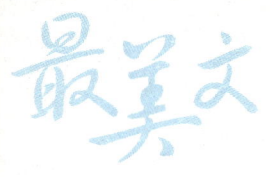

手术前，翠云必须提前在医院待上一个多星期。在一周的时间里，翠云每天都得注射一种刺激因子，为提取造血干细胞做准备。

为了方便去医院和照顾姐姐，翠云在医院的附近租了房子，尽管条件简陋，但可以自己开伙。每天早晨，翠云都起得很早去买菜、烧饭，给姐姐做可口有营养的饭菜。有时候姐姐吃不下东西，翠云就跑到几公里外的大菜场，挑选新鲜蔬菜回来煮菜汁给姐姐喝。

医院给翠云使用的捐献方法是：先把骨髓血中的造血干细胞"赶"到外周血中，之后从手臂上采血，通过分离器把造血干细胞提取出来。虽然不用抽取骨髓，但"赶"干细胞的过程也不轻松。

"头几天还没什么特别的感觉，到后面的几天，浑身就像有无数个小虫子在拱，那个感觉真的好难受！"尽管如此，翠云还是坚持着。"只要能够救活姐姐，再大的痛苦我都能忍受。"

翠云的造血干细胞被有效地抽取了出来，提取完的第一天，翠云感觉四肢发麻，手脚冰凉，心里发慌，连走路都很困难。但翠云的心里想着姐姐，得让姐姐放心。翠云一步步挪到无菌病房外，隔着玻璃，姐姐拿起电话只问了她一句话："你还好吧？"翠云回了一句话："我还好。"

当提取的造血干细胞被送进姐姐的无菌病房时，听着护士的那声"细胞来了"，姐姐的眼泪就止不住地流了下来。"那一刻，我仿佛有一种获得新生的感觉，内心里对妹妹的感激无以言表。"

移植手术非常成功，在北京住了不到4个月，姐俩就平安地回到了南京。姐姐虽然重获健康，但她不能做过重的家务。翠云索性就辞了送报的工作，一心一意地照顾着姐姐。

然而，老天爷实在是不开眼，快乐的日子没有维持多久，时隔8年，癌细胞再次造访了姐姐。

2009年国庆前夕，姐姐的胸口发现一个鹌鹑蛋大小的包，切片检查的结果是恶性肿瘤。再仔细一查，两侧的腋下、腮下都有了大小不一的肿瘤。种种迹象表明，白血病在髓外复发了。一个星期不到，癌细胞就从髓外侵入骨髓，白血病再次全面复发，全身癌细胞达86%。这样的结果让所有的亲人都压抑地喘不过气来。姐姐在妹妹的搀扶下，飞往北京。

对于已经做过骨髓移植的白血病人来说，复发就意味着生命接近了死亡的边缘。姐姐活下去的唯一希望就在妹妹了，可就在前不久，翠云的丈夫刚刚因病过世。失去丈夫的痛苦让翠云也挣扎在崩溃的边缘，无论如何也不能再让姐姐紧跟着走向死亡。

当医生提出可以尝试一种全新的治疗方法时，翠云来不及详细打探，立即就答应下来。但翠云不知道的是，新的方法还得完全依靠她来提供淋巴细胞。由于姐姐的癌细胞存在于全身，只能依靠妹妹提供健康的淋巴细胞。为此，翠云再次躺到捐献床上。

2个多小时的提取，翠云默默地忍受着心慌，腿麻等各种不适。让人欣慰的是，妹妹的付出没有白费，新的免疫疗法又一次成功地把姐姐从死亡线上拉了回来。

和第一次移植不同的是，这次移植后，每隔一段时间，就得再移植一次免疫细胞。至今，姐姐去了19趟北京，妹妹也陪着去了19趟。5年间，翠云共为姐姐捐献了9次免疫细胞。

尽管妹妹对捐献免疫细胞无怨无悔，但对姐姐来说，妹妹陪着她来回奔波和捐献的辛苦，都让她感到无以为报。多年来，姐妹俩的表现都是"爱你有心口难开"，这次，姐姐决定用实际行动来"报答"妹妹。

"和那些得癌症离世的人相比，我已经够幸运了。这都要感谢我有个好妹妹，她是一个伟大的妹妹。我这病没完没了地折腾她，活着一天，妹妹就跟着我遭一天罪。"

从2013年4月起，不管翠云怎么催促，也不管家人怎么劝说，姐姐就是不愿再去北京接受移植干细胞治疗。直到2014年5月初，姐姐的上身又出现了一个恶性肿瘤。万般无奈的情况下，挨过了13个月，姐妹俩再次去

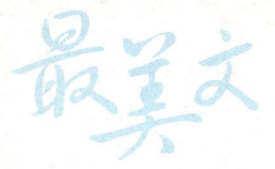

了北京。

　　5月16日,妹妹第10次为姐姐捐献了自己的免疫细胞。每一次捐献,姐姐都站在门外,强忍着内心的煎熬,看着旁边那台大机器的闷声运转,看着妹妹的鲜血从两个手臂上的导管进进出出。此时,姐姐唯一能做的就是祈祷老天爷保佑妹妹健康平安。

　　一周后,从妹妹的血液里提取出来的救命细胞,就会进入姐姐的体内,让姐姐的生命之树常绿。刚刚捐献完细胞的翠云,感觉还是有点心慌,稍事休息,就慢慢地回到租住的小屋里。姐姐也特意和医生请了假,来到小屋看望妹妹。自从姐姐13年前生了病,北京,就有了翠云的"第二个家"。

　　在妹妹租住的小屋里,姐姐看到妹妹正靠在床头,织着一条小背带裤。姐姐的女儿已经怀孕,原本这给即将出生的外孙打毛衣的活该是姐姐做的。无奈化疗带来的肌肉排异副作用,让姐姐没法低头织活,妹妹就替姐姐织了起来。

　　现在,已经织好了两件上衣和两条开裆裤。"快了,再有几个月宝宝就出生了。"妹妹笑眯眯地碰了碰坐在身边的姐姐,"你得好好地活着,我好陪着你等着宝宝叫咱们外婆呀。"

(原载《语文报》2014年第18期)

　　感谢这些存在于我们生命中的亲人,因了这爱,我们才永远不会孤寂。

心的呼唤

文 / 宋杰

> 爱是绝对没有模式和规律的，爱也是不可能说清楚的。说得清楚的即不是爱，而只是一种利益的结合。
>
> ——卢森

2014年4月28日，12岁的江西男孩小包，因严重心衰住进了北京安贞医院。4月30日，小包的病情突然加重，出现了严重的肾衰竭等多项危急情况。紧急手术后，在他心脏处放入了支持设备，才稳住了血压，肾肝功能都有好转。但这个支持设备7天内最安全，时间再长，小包还是可能会出血、感染。

早在两年前，小包所患的扩张性心肌病就很严重。曾经到过北京、上海、广西、武汉和香港等多地求医，都没有收到确切的疗效。医生在劝其家人给孩子做心脏移植手术的同时，把小包的需求类型做了登记上报。

4月30日晚，安贞医院根据小包的病情，紧急联系了国家器官移植捐献管理中心以及其他合作的医院，寻找和小包血型匹配的O型血心脏。长期做心脏移植手术的张海波医生不无惋惜地对小包的妈妈说："如果找不到合适的心脏移植，这孩子真的就没救了。"

5月1日晚，张海波接到一则消息，说是广西有一位叫叶劲的21岁脑瘤晚期患者进入脑死亡状态，家人决定捐献孩子的心脏、肝脏、肾脏以及

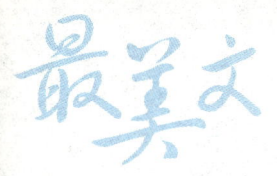

眼角膜,并且已经与当地红十字会签订了器官捐献协议。根据登记的各项资料检测结果,叶劲的心脏和小包的心脏相当匹配。当张海波把这个消息告诉小包的家人时,这颗远在千里之外的心脏,给这个一筹莫展的家庭带来了莫大的希望。

负责为小包的心脏手术主刀的孟旭医生依据自己的经验,在捐献供体里获得较好的心脏特别不容易,通常10个捐献者中只有一个人的心脏可用。为了确保这颗救命的心脏能救治这个看上去还算幸运的小男孩,北京安贞医院派出了一名医生,即刻启程赶往广西桂林的解放军181医院,再次对叶劲的心脏进行确定性的评估。

为了捐献心脏,叶劲的家人特意把即将离世的叶劲从广西贺州转到了桂林181医院。尽管叶劲的心脏是依靠药物在维系跳动,血压也有些不太稳定,但这颗可以延续另一个小生命的心脏还是通过了医生的评估。

"心脏不错"的消息传到了北京,5月1日23时02分,小包的妈妈"Cola_妈咪"发布微博:"恳请2014年5月2号,下午17:55,南航航班号CZ3287由桂林飞往北京的航班全力确保准点起飞,因为有一个捐赠器官搭乘该架飞机,我的孩子急需这个器官移植救命,如果错过了最佳移植时间孩子就会……"

与此同时,南航广西分公司也接到了桂林解放军181医院的一份关于保障从桂林运送心脏供体器官至北京的申请函:因心脏供体离体时间要求在6小时以内,为保障心脏移植手术顺利进行,希望南方航空公司予以协助保证该航班正点起飞,以挽救患者生命!

5月2日下午16时,叶劲的家人送别叶劲最后一程。病床上的仪器显示,叶劲的心脏还在跳动,16时55分,叶劲的心脏被取出。心脏外科主任潘禹辰把心肌保护液从冠状动脉灌入了心脏,让心肌能量消耗降为最低。随后心脏被放入无菌袋,装入了盛放着冰块的冷保温箱,快速走出手术室,大步走向早已等候在大门外的救护车。一路上,救护车警笛长鸣,朝着桂林两江国际机场飞驰,潘禹辰的手始终紧紧放在这个红色的储存箱上。此时叶劲的心脏已经停止了跳动,进入了休眠状态。

已经做好各项准备工作的南航运行指挥中心,向民航局调度室提出航班优先保障申请,请求华东、华北、中南、东北等空管部门,优先放行涉及的相关航段航班,确保航班准点出行,同时公司还专门准备了2架飞机作为备份。

尽管飞机从桂林飞至北京全程只需2小时40分钟,但是从181医院到桂林两江机场的距离为27.7公里,首都国际机场T2航站楼到安贞医院的距离为26.4公里。如果遇到堵车加上登机、降落的时间,时间仍然十分紧迫。

17时25分,护送着叶劲心脏的急救车抵达桂林两江机场,早已等候在此的南航地服人员马上为陪运医务人员递上早已办好的登机牌,并引导他们走快速安检登记通道。10分钟后,一行人登上了开往北京的CZ3287航班。17时55分,从桂林飞往北京的南航CZ3287航班提前15分钟起飞。

得知飞机提前起飞后,"Cola_妈咪"再次发布微博:"飞机提前起飞!感谢大家的祝福,感恩大家的关注!捐赠者大爱无疆!我们全家铭记于心!"

与此同时,北京警方担心机场到医院的途中会出现交通拥堵,随即决定沿途安排警力为这颗"救命心"保驾护航。但因不知道患者住在哪家医院,通过微博和患者家属联系后,获知这颗"救命心"要送到距离首都机场T2航站楼26.4公里外的安贞医院时,为了确保"救命心"按时抵达,决定使用急救直升机实施空中转运。

由于安贞医院内不具备直升机起降条件,交警随即对安贞医院西门外的安贞路沿线实施临时交通管制,在马路上为直升机"圈"出了一个"临时停机坪"。

20点20分,CZ3287航班在首都国际机场降落,比计划时间提前了

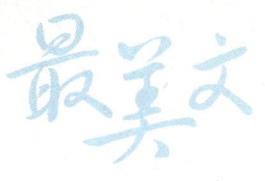

35 分钟。随后直升机从首都机场起飞,9 分钟后,在两辆私家车大灯的指引下,直升机在安贞医院外的"临时停机坪"成功降落,装着"救命心"的保温箱被迅速送进了手术室。

此时,男孩小包已在手术室里等候,一切准备就绪。主刀医生孟旭主任日前刚刚从加拿大回京,不顾劳累立刻投入了这场手术。

23 时 12 分,孟旭走出手术室宣布核心的手术已顺利完成,孟医生表示,尽管心脏大小不匹配增加了手术的难度,但这颗"救命心"已经在 22 时 30 分恢复跳动。小包生命体征平稳,待缝合伤口后将转入 ICU 病房。

至此,从 16 时 55 分到 22 时 30 分,叶劲的心脏仅经过约 5 小时 35 分的休眠后,就得以在小包身上重新跳动。

这是一次爱的接力,正如歌中唱到:这是心的呼唤,这是爱的奉献,这是人间的春风,这是生命的源泉……死神也望而却步……生命之花处处开遍。

(原载《做人与处世》2014 年第 14 期)

这不仅是身体器官的交换和赠送,更是真正意义上爱的延续,愿这人间的大爱与时间永存。

这个世界我来过

文 / 戚桂敏

对人来说，最大的欢乐，最大的幸福是把自己的精神力量奉献给他人。

——苏霍姆林斯基

2014年4月2日凌晨4点15分，一个幼小的生命，走过上帝赐予的2600多天，幻化成一缕曙光，给3个黯然的生命送去新的希望。他就是荆州市7岁男孩陈孝天。

2012年5月9日，5岁的孝天跟着奶奶遛弯时，走起路来头重脚轻地总往前倾，奶奶觉得有些不正常，就带他去了医院。一检查，结果让奶奶大吃一惊：小孝天得的是脑瘤，尽管马上就实施了手术，但孝天的病情似乎并没有什么好转。

仅仅过了4个月，孝天旧病复发。此时的他，呕吐次数的间歇越来越短。2014年元旦那天，因逐渐长大的脑瘤压迫了视神经，小孝天双目失明了。2月11日，孝天就完全瘫痪在床上，并时常出现意识模糊的现象。

3月27日，孝天转入了武汉解放军161医院神经外科治疗，入院后，孝天处于时而清醒时而昏迷的状态。科主任程新富对孝天的奶奶说："孝天的癌细胞已经扩散到整个大脑，已经没有再次手术的必要了。"听到这些话，奶奶痛不欲生。6天来，孝天的情况一天比一天差，医生24小时监护

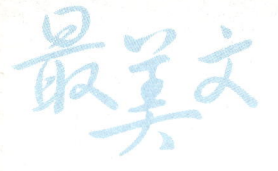

他的生命体征，只能靠静脉注射营养液来维持身体需求。

然而，更让人痛心的是，早在2011年11月，孝天的妈妈，34岁的周璐就被查出患上了尿毒症，靠透析维持生命。孝天脑瘤复发，周璐只能强忍弱体，在治疗的间隙去照顾孝天，每晚都无法躺下入睡。

在孝天病情恶化的同时，住在同济医院的周璐病情也在恶化。同济医院的医生说，要想挽救周璐的生命，非做肾脏移植手术不可，但周璐一直没有找到合适的肾源。

面对住在两个医院的母子俩，一个是即将离世的亲孙子，一个是日渐垂危的儿媳妇。奶奶陷入了前所未有的痛苦中，痛苦过后，这个坚强的女人做出了一个让人敬佩的决定，她要说服家人，把孙子走后的器官移植给他的妈妈。

奶奶心里清楚，孙子的病情已无法逆转，而儿媳妇的生命还有很大的希望，用小孙子的肾脏来挽救他妈妈的命，是一种最好的结局。这么想着，奶奶就找到医生说："我孙子已经这样了，我总不能再眼睁睁地看着他的妈妈也随他而去呀。大夫，我想用孙子的肾脏来救他妈妈的命，行吗？"

当小孝天听说自己的肾脏可以救妈妈的命时，就拉着奶奶的手说："我想救妈妈！我想保护妈妈！"医生非常肯定地回答："可以，完全可以呀！"在场的人被感动得热泪盈眶。

当奶奶把这个消息告诉孝天的妈妈时，却遭到了周璐的强烈反对："儿子有病，我这个当妈妈的没有尽到妈妈的责任，怎么还能忍心再肢解儿子的身体呢？"

奶奶再次强忍着眼中的泪水去劝说儿媳："璐璐呀，孝天已经这样了，我总不能再看着你也跟孝天一样离开我们吧。我已经和孝天说好了，孝天非常懂事，他说他想让妈妈快点好起来，你就满足孩子的心愿吧。"接着，奶奶又让周璐的娘家人劝她。几经劝说，周璐最终才答应了接受儿子的肾脏，结果母子俩的配型成功。

4月2日凌晨2点多钟，孝天再次出现病危迹象。护士紧急通知了守在病房外的奶奶陆元秀："快进去看看吧，孝天可能快要不行啦。"奶奶一边哭一边跑进了重症监护室，从荆州赶来的爸爸和爷爷这时也跑到了重症监护室的门口。

医护人员经过全力的抢救，也没留住孝天的生命，4点15分，孝天的心脏停住了跳动。30分钟后，同济医院的三名医护人员就站在了孝天的遗体前，为这个让人动容的孩子默哀。奶奶以及孝天的爸爸强忍悲痛签下了孝天的器官捐献志愿书。5分钟后，医生开始切移器官，5点20分，孝天的器官送达同济医院手术室。

同一夜，周璐在同济医院的病房里一夜未眠，白天就有医生告诉她，孝天可能过不了今晚，让她做好心理准备。凌晨5点15分，她被叫到医生办公室，她悬着的那颗心已经快到了嗓子眼。一见到她的主刀医生、同济医院器官移植所的陈刚教授，她就问："马上就要手术吗？"

当得到医生肯定的回答时，她低下了头，两眼的泪止不住地往下流，她知道儿子走了。沉默了许久，周璐流着泪，用颤抖的手，在手术知情同意书上签了字。对一个急待移植器官救命的病人来讲，听到可以手术的消息，都是异常高兴的，但对周璐来说，却是揪心的疼。她手术的开始，就是儿子生命的结束啊。

5点29分，从医生办公室到病房仅几步之遥的路，周璐却走了很久。"儿子，妈妈对不起你。在你生命的最后一刻，妈妈也未能陪你一程，还要依靠你的器官来维持妈妈的生命。如果有来世，你当妈妈，我做儿子，再续母子之情。"周璐一边想着一边坐到了病床上，抑制不住地痛哭起来。

6点38分，周璐被推进了手术室，7点43分开始手术。两个半小时后，孝天的左肾被移植到妈妈的体内，并顺利地发挥起应有的功能。

11点20分，周璐从手术室转到了重症监护室进行观察。医生说："手术非常成功，不出什么意外的话，一周后就可以转到普通病房了。"

此时的周璐,仿佛又经历了一次十月怀胎,她在心里默默地对儿子说:"孝天,你放心吧!妈妈一定好好保重咱俩的身体,我要带着你的肾,好好地活下去。"

与此同时,按照器官分配的原则,孝天的右肾捐献给了一名21岁的患尿毒症两年多的襄阳女孩,肝脏捐献给了一名27岁的患乙肝肝硬化多年的武汉小伙。

至此,一个幼小的生命用自己稚嫩的器官,带着人间的温暖,化作无声的语言,述说着世间的大爱,为即将枯萎的生命送去了崭新的希望和重生般的关怀。

陈孝天的英名,作为该市第17位捐献遗体、器官者,将被刻在捐献者纪念碑上,他救母救人的感人故事,告诉人们:这个世界我来过!

(原载《做人与处世》2014年第12期)

生命是如此短暂如此脆弱,也许在某一时刻,便悄然搁浅。

可是,惟有爱,才能让这躯体永存和延续。

诚信老爹

文 / 贾子安

人而无信,不知其可也。

——孔子

他住在浙江省苍南县霞关镇,祖祖辈辈从事渔业捕捞。他本来有个幸福美满的家庭,四个儿子各承父业,以打渔为生,个个家境殷实。他跟老伴则在自己的小菜园里种几垄菜,养几只鸭,含饴弄孙,颐养天年。晨起时,沐浴万道霞光;黄昏时,欣赏落日静美,日子过得优哉游哉。

可是一场灾难把这一切都改变了。

2006年夏,百年一遇的超强台风"桑美"席卷了整个海面,掀起了万丈狂澜。他的儿子们驾着渔船早泊到港湾避风,可尽管如此,肆虐的台风还是打沉了他们用所有积蓄及借贷款买来的渔船,老大、老三、老四也不幸丧生。噩耗传来,如同天塌地陷,他悲痛欲绝,儿媳们深感生活无望,绝望之中撇下孩子一个个改嫁了。

天大的灾祸带给他的不仅是老来丧子的悲伤、孤独、苦难,还有一笔笔沉重的债务。台风过后,陆续有人上门,向他出示儿子们留下的一张张欠条。这80万元的债务,如一座大山压在他的身上,老人几乎被击倒了。但他还是强忍悲痛,挺直了脊梁,坚强地站起来,声音喑哑地说:"人死债不烂!是儿子的债我都认,你们请放心,我一定会想办法还钱!"说这番话

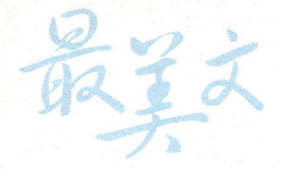

时,他声音虽低沉沙哑,但铿锵有力,掷地有声。

不久,他拿到儿子们人身、船只保险赔款 24 万元,一想到这是儿子们用年轻的生命换来的,他的心仿佛被撕裂了似的疼痛。他压抑着汹涌袭来的悲痛,擦干眼泪,连家都没回就直奔信用社。

当他颤抖着双手,哆哆嗦嗦地将用衣服包着的这笔数十万元现金,还到信用社工作人员的手中时,人们惊呆了,简直不敢相信眼前这一幕。他们被老人的举动深深地震撼了,目送着老人踉踉跄跄地走出信用社的大门,久久无言。

后来,打捞上来的渔船变卖了 30 万元,他又一分未留,又全部拿去还债。他的做法,令债主们惊讶不已。有的接过钱,感动地落泪了;有的摇摇头拒绝了,可不管他们说什么,老人还是执拗地丢下钱走了。望着他独自远去苍老瘦削的背影,每个人的心似乎都被什么力量猛烈地撞击着,感动的波浪在胸中起伏,一波胜过一波。

其实,儿子们一出事,许多乡邻们就劝过他,说从来都是父债子还,还没有听说子债父还的,再说你现在已经是风烛残年,不还钱别人能把你怎么样呢?他听后用力地摇摇头,坚决地说:"做人要有良心,人家最初都是好心帮我的儿子,怎么能让好心人遭受损失呢?再说,借钱还债,天经地义,我一定要还!"

一诺千金!为了还债,他和老伴过起了常人难以想象的清苦生活。

从此,不管刮风下雨、寒冬酷暑,他常常从所住的海拔 150 米高的柳陇山上,步履蹒跚地走下来,来到山脚海边的沙滩上拾荒。一只可乐瓶,一只易拉罐,都成了他眼中的宝贝。可拾一只饮料瓶仅卖几分钱,半腰高的大铁丝筐拾满满一筐,才卖 4 块钱。但他从来不曾有过半句怨言,默默地坚持着,日复一日,年复一年。

为了多赚钱,他与老伴还不顾人老眼花,一有空就坐在家门口织渔网。织渔网可不是一件容易的活儿,即使是身强力壮的年轻人织久了,也会感到胳膊又酸又困，何况是两个八旬高龄的老人呢？他们每一天都织到腰酸背痛、手软臂麻，耗时两三个月才能织成一片网，拿到集市上才只卖到 300 多元。但两位老人从来不抱怨，总是不停歇地织啊，织啊，不敢有片刻懈怠。

为了攒钱还债，这位 8 旬老人还不顾年迈体弱，强忍背上的骨刺疼痛，拖着病体，坚持在家门口的山坡上种番薯、马铃薯、青菜，还养着一大群鸭。每天黄昏的时候，他都会坐在村口马路边，吆喝着卖自家种养的马铃薯和土鸡蛋。看着这位瘦小孱弱、脸上布满深深皱纹的 83 岁老人，每个人的心里都会涌动起温暖的波浪。

老人这样辛劳，在生活上更是省吃俭用。为了还债，这 6 年里，他每天只吃两顿稀饭，菜也只吃自家卖不出去的青菜，穿的全是些破旧的衣服，6 年里只买过一条短裤。他吸了一辈子烟，却只舍得一次花 4 元钱买两片水烟。背上长了严重的骨刺，熬着不吃药，有时痛得实在支撑不住了，只花几块钱打一针。

就这样，他节衣缩食，一块块、一分分地攒钱，把艰辛攒、省下来的钱小心存好，用来还债。当年他的儿子们为买新船向经营渔具的黄敬瑞赊账 7 万元。6 年过去了，黄敬瑞从未向他提起，反而是这个老人主动找到他，分两次把钱还上。黄敬瑞逢人就激动地说："这个老人厚道，守信，我敬佩他。"

漫长的 6 年一天天熬过，这位孱弱多病的弯驼老人背着生存与欠债、悲伤与艰辛的双重重负，步履蹒跚却又坚定地走在漫漫的"子债父还"的路上，无怨无悔。

直到去年，这个体衰多病的古稀老人实在力不从心，他伤感地对台风中唯一幸存的二儿子秀全说："现在我已无能为力了，家里的债只好要你来还了。"秀全夫妇噙着眼泪，向父亲拍着胸脯承诺，义无反顾地接起这副重担。

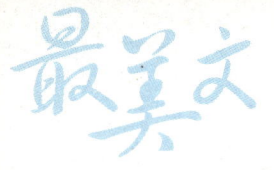

人们被他的故事深深感动了,广大网民纷纷敬称他是"中国人的楷模!""为我们竖起了一根诚信的标杆""这位老人身上流着道德血液!"他就是"诚信老爹"——吴乃宜。

俄国作家托尔斯泰曾说:诚信是心灵绽放的灿烂之花。大灾大难、家破人亡,却人死债不烂,吴乃宜以老弱之躯和长达6年的日日艰辛,告诉我们:诚信,是以一种最朴素的方式彰显最纯粹的人性,它就像是高洁美丽的花朵,绽放在金子般的心灵沃野,散发出浓郁芳香,让在俗世红尘中奔波的每一个人都感到人性的高贵和美好。

(原载《做人与处世》2014年第11期)

诚信是个人光辉的体现,因了这光辉,我们使身边的人感受到温暖和爱。因此换来源源不断的爱的支持。

生命的甘露

文 / 张燕峰

苦和甜来自外界,坚强则来自内心,来自一个人的自我努力。

——爱因斯坦

什么都会做

大学毕业后,我曾经到甘肃会宁县一个叫中川的小镇中心小学做志愿者,同全国其他农村地区一样,这所农村小学里的孩子大多是留守儿童。

我在这所小学做四年级语文教师兼任班主任,班上有个女孩叫安宁,短发齐耳,瘦瘦的,衣着并不合体,一看就知道是别人的旧衣。但模样清秀,尤其是一双大眼睛,清澈透明,如暗夜里明亮的星辰。

安宁学习特别勤奋,学校刚发下新课本没几天,她便把要求背诵的课文全部背会了。上课的时候更是全神贯注,眼睛一眨不眨地看着我,我走到哪里,她的目光就紧紧追随,生怕漏听我说过的每一句话,甚至每一个字。

与别的孩子不同的是,下课铃一响,其他孩子便像鸟儿叽叽喳喳雀跃着四散开去,飞奔到院子里或者操场上,做自己喜欢的游戏。而安宁却会红着脸,跑到讲台上来,替我擦黑板,或者整理教学用品。我笑笑,"孩

子，你玩去吧。老师自己来。"

安宁扑闪着长长的睫毛，"没事的，老师，我在家里什么都做呢。"声音柔美，仿佛带着太阳的浓浓暖意。

"什么都做？"我吃了一惊，一个10岁的女孩，个头不及讲桌高，能做什么呢？

"洗衣服，做饭，喂猪，我还会锄地、割地呢。"安宁仰着小脸看着我，神色之间有着压抑不住的自豪，但在我听来，却有着成人才会有的沧桑。

我心里不禁咯噔一下，这到底是一个怎样的家庭？致使生活的重担全部落在一个10岁女孩柔嫩的肩上？

鸡蛋秘密的温暖和辛酸

甘肃省是我国农村中小学最早推行"鸡蛋工程"的省份，每天，早饭时每个孩子都可以免费吃上一枚鸡蛋。

可连着几天，我发现安宁早早地吃完了馒头，当别的孩子在吃鸡蛋的时候，她已经摊开了课本，嘴里念念有声了。

我很奇怪，纳闷地问："安宁，你怎么不吃鸡蛋？你的鸡蛋呢？"

安宁不说话，默默地从课桌抽屉里摸出一些零散的鸡蛋皮。我一看，很明显这些蛋皮远远不够一个鸡蛋的皮啊，我的心中掠过一丝阴影：安宁把鸡蛋放在哪里了呢？

更令我吃惊的是，挨着安宁坐的几个孩子，他们手里的鸡蛋皮也明显少于其他孩子。这到底是怎么回事呢？

课下，我悄悄地拉住一个孩子询问，原来安宁早上从不吃鸡蛋，她要把鸡蛋带回家给弟弟和奶奶吃。为了不被老师发现，她只好与临近的同学要些碎碎的鸡蛋皮，并反复叮嘱大家不要告诉老师。

瞬间，如同一股强劲的电流猝然击中我心底最柔软的地方。一枚在城里孩子眼中实在不值一提微不足道的鸡蛋，竟蕴藏着令人意想不到的秘密，而关乎这个鸡蛋的秘密又是多么的温暖和辛酸啊！我的心怦然而动，眼睛湿润了。

奶奶和弟弟在这个乖巧懂事的女孩心里是有着怎样厚重的分量？竟使她能冒着被老师批评责备的风险，凭着顽强的毅力去忍受饥饿的折磨，自觉克制着诱惑，而心甘情愿地把鸡蛋藏在书包里长达六个小时。

有爱有尊严，日子就不苦

一天放学后，匆匆吃过晚饭，我踏上了去安宁家家访的路，那是一段极其坎坷难行的土路。车辙把路面碾出一个个低洼的土坑，也鼓起了一道道如疤痕一样丑陋的小土梁。我踉跄而行，好几次差点摔倒。心里想，在这条崎岖不平的小路上，每天安宁又会是怎样的艰难跋涉？

当推开安宁家用木栅栏做的简易的木门时，一眼就看见安宁吃力地端着半盆猪食一步一步地挪动着。我赶紧上前，伸出双手，试图接过来。安宁看见我，激动地与我打招呼，童稚的声音里透着掩饰不住的欢喜，但双脚仍慢慢向前挪动。

"安宁，给我！"我用不可置疑的命令口气发话。

"老师，怎么可以呢？小心脏了您的衣服。"安宁喘着粗气，大声地说。

我只好迈着细碎的步子跟在她身后。走了大约 20 米，安宁来到院子西北角的猪圈里，那里有一头半大的猪早已饥肠辘辘地候在那里，一次次地拱着权当猪圈门的石板，哼哼唧唧地似在表达它的不满。

安宁吃力地把猪食倒进猪食槽里，猪旋风一般冲了过来，好一阵狼吞虎咽，风卷残云一般。安宁满意地笑了，在夕阳的余辉下，这小姑娘的笑容是那样动人，犹如晨风中轻轻摇曳的蒲公英或宛如颤动在草叶间的晶莹露珠。

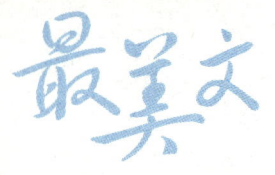

随着安宁进了屋里,我的心一下子坠入无边的谷底。屋里光线昏暗,墙壁被烟熏得看不出原来的颜色,像一副年代久远的斑驳的油画。屋顶尘丝纵横,状如蛛网,土炕上盘腿坐着一个枯瘦的老太太,头发花白,状如干柴。炕边坐着一个小男孩,同样的面黄肌瘦,饭桌上有三碗玉米粥,正冒着腾腾热气,而老太太面前赫然放着一堆鸡蛋皮。

"安宁,谁来了?"声音嘶哑苍老。

"奶奶,我的老师,是从老远的大城市来的。"

安宁边说着,边拖过一条长凳,用袖子擦了几个来回,冲着我歉意地笑笑,"老师,您请坐。"

"我们家寒酸,老师,让您见笑了。"安宁的奶奶热情地同我寒暄着。

"怎么会呢?奶奶。"见我有些目瞪口呆,安宁低声说:"我奶奶眼睛不好,什么都看不见。"

吃过晚饭,安宁很麻利地收拾碗筷,撤掉了饭桌,然后转身去堂屋洗锅,接着又去院子里准备明天的猪草。

于是我和奶奶攀谈了起来。原来,五年前,安宁外出打工的父亲在建筑工地上从六层楼上摔下来,当场毙命。白发人送黑发人,老人家悲痛欲绝,终日以泪洗面,最后哭坏了眼睛。

为了支撑起这个家,安宁的妈妈也选择了外出打工,前两年还不断地寄钱回来,后来不知为什么就音讯皆无。这样,不足8岁的安宁一个人扛起了家庭重担,每天早上她做好早饭,喂了猪,才步行去上学。而每天一放学,在学校和路上不敢耽误一刻钟,赶紧马不停蹄地往回赶。

奶奶哽咽着,好几次说不出话来,浊泪横流,顺着瘦削脸颊上的道道皱纹,流下来汇成了一条条磅礴的小溪。一旁的小男孩睁着空茫的眼睛,一会儿看看奶奶,一会儿偷偷地打量我。

我早已泪湿衣襟,不知该如何安慰这个于风雨飘摇中随时都会沉覆的贫寒之家。我想:自己力量微薄,何不把安宁一家生活的画面拍下来,发到网上，相信会有更多的人来关注他们，帮助他们的。

于是我拿出相机，刚刚调准了焦距，安宁恰好走了进来，制止了我，"老师，我们生活并不苦，奶奶慈祥，弟弟懂事，我和弟弟越来越大，生活也会越来越好的。"最后，安宁似在安慰我一般，轻轻地说："爸爸活着的时候，经常对我们讲'只要有爱，有尊严，日子就不会苦。"

我不由得对这个瘦小的女孩肃然起敬。是啊，只要心中有爱，有尊严，再艰难的日子也不会苦涩。爱和尊严才是生命的甘露。

两年后，我离开了会宁，重新回到了繁华的大城市。但安宁的话常常回荡在耳边，几年过去了，我常常想：安宁一定长大了吧？他们的日子也一定越来越好了吧？

（原载《语文周报》2015年第23期）

身世不是枷锁，贫困不是牢笼。每一个难捱的日子，都是增加生命厚度的砝码，因为苦难与希望并存。

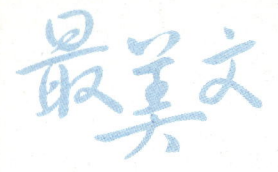

请再给我多一点时间陪着你

文 / 雪炘

因为爱情进入了人的心里,是打骂不走的。它既然到了您的身上,就会占有您的一切。您既然已经爱上了,事情就只好如此,唯一的途径就是想个最便宜的方法如愿以偿。

——斯蒂文生

"泪有点咸有点甜,你的胸膛吻着我的侧脸;回头看踏过的雪,慢慢融化成草原;而我就像你,没有一秒曾后悔。"她闭着双眼,慢慢唱。

"爱那么绵那么粘,管命运设定要谁离别;海岸线越让人流连,总是美得越蜿蜒;我们太倔强,连天都不忍再反对。"他握着她的手,轻轻和。

我们站在门口,透过玻璃,用相机拍下这动人的场景。

她躺在病床上,插着氧气管,下颚肿胀得失形。对于这场拜访,他略显诧异和尴尬,而她则热情地跟我们打招呼,并要求将她扶起来,说,躺着说话不礼貌。她说话只能放慢语速,稍微说得快一点儿,就会大口喘气。

她是陕西蓝田县的女孩,今年22岁,是一名兰州石化职业技术学院大三的学生。2010年6月一天,她在宿舍突然头疼得厉害,就吃了几颗止疼片。本以为疼过就没事了,谁知后来越来越疼,吃止疼片根本不管用。去学校附近的医院,她被诊断为偏头痛,医生开了药。可是只要药一停,头就又开始疼，吃的止疼片也越来越多。直到2012年过年回家，她才把自己的病情告诉了家人。

2012年2月底，她在西京医院被初步诊断为脑结核，5月转入陕西省结核病防治院。10月初，家人带她去唐都医院检查，检查出来是静脉窦血栓。当时做了一次腰穿，颅压高到600，因为疼痛，她使劲将头往墙上撞。

到现在为止，她已经是脑结核晚期并患有静脉窦血栓，也出现颅压太高、头痛等并发症状。静脉窦血栓是很难治的病，目前最关键的是做引流手术，降低颅压。

"她每天都假装很坚强，都是为了给别人看，怕大家为她着急难过……"他再也说不下去了。

作为男朋友，她的一切，唯有他懂。

她有一个长年患病的哥哥，在家里养病，虽然至今也没查出来是什么病，但隔三差五就要去医院治疗。家里除了5亩地，就靠父亲每月1200元的工资生活。她现在看病已花了整整十七万，而十五万都是借的。

为了给她看病，家里能卖的都卖了，能借的都借了，同学和老师还给她捐了一万多块钱。她最初不敢跟家里要钱，就是想到家里的经济状况，现在花了家里的钱，连哥哥看病的钱都花了，她觉得对不起哥哥。

"我不想死，我想坚强地活着，我想工作了以后，给爸爸妈妈买衣服、买好吃的，挣钱给哥哥看病，还要做最美丽的新娘……"

听到这里，他再也忍不住了，开始泪流满面。

其实我们之前了解她想做新娘的心愿，西安蒙娜丽莎婚纱摄影的工作人员也送来一套婚纱，并承诺为他们免费拍摄最好的婚纱照，可他却拒绝了："我希望等她好了以后，再和她拍摄婚纱照，我会等她好起来。这样才能给她一个盼头，让她坚持，让我多一些时间陪她。如果现在拍了，我怕……"

他是甘肃人，现在在银川工作，每个月只有1400元的工资。只要有时间，他宁愿花光了所有积蓄，也不放弃任何一次西安之行的机会。回想初

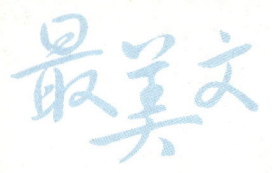

次相识，他凝重的脸上终于露出了一丝笑容。

他们都在兰州石化职业技术学院上学，第一眼看到她，他就有一种说不出来的感觉，一年后，两人成为恋人。他们的家都不在兰州，所以每次春节放假，对他们来说都是一种折磨。

他去年签了工作，7月的时候，去火车站送她回家。她趴他的肩膀上哭了，说她害怕，怕彼此因为距离而没有未来。当时他并不觉得两个人会因为距离分开，一如既往地每天给她打电话，可她从某天起不再接他的电话后，他开始怕了，并在忐忑与不安中，连夜赶往陕西。

"看着她躺在病床上，双手大幅度抖动，声音虚弱得让我感觉不到呼吸，我才知道什么叫心痛。她是个特别好的女孩，从来不想给父母增加负担，那时候情人节、圣诞节时，还会送给我礼物，都是她亲手做的风铃和刺绣的抱枕，我一直留着……"

看过很多小说，都以为那些剧情是虚构的，而当它真实发生在生活中时，我们才相信真爱就在身边。它所给我们的，不只是美丽和感动；更多的是提醒我们，珍惜生活、珍爱生命，多留一点时间给爱的人。

走出病房，天空飘起雪花，我微笑着裹紧外套，隐约听见身后传来：深情一眼挚爱万年，几度轮回恋恋不灭，把岁月铺成红毯，见证我们的极限；心疼一句珍藏万年，誓言就该比永远更远，要不是沧海桑田，真爱怎么会浮现？

（原载《做人与处世》2013年第22期）

陪伴是最长情的告白，每一对相知的恋人，都有属于自己的情关。坚持走、不放弃，愿天下有情人终成眷属，笑看春月秋风。

你是上天最好的馈赠

文 / 柏俊龙

　　母亲的心是一个深渊，在它的最深处你总会得到宽恕。

——巴尔扎克

一

　　她第一次去孤儿院看到宁小邪的照片时，就不可避免地喜欢上了宁小邪。她向院长再三恳求，希望能领养宁小邪。院长起初并不同意，耐心地带着她四处观望，让她与其他更为优秀的孩子交谈，但不论院里的领导如何劝说，她硬是固执地要领养宁小邪。

　　她说，宁小邪给了她从未有过的亲切。她是一个被丈夫抛弃的女人，没有孩子，没有工作，甚至没有房子。

　　当她主动要求见见宁小邪，并听听他的意见时，领导们为难了。她不知道，宁小邪是个多么孤僻捣蛋的孩子，他不但不和院里的同学们说话，还经常翻墙出去偷东西。

　　一个小时后，她在城南的派出所里见到了一脸倔强的宁小邪。他坐在黄色的木椅上，高傲地抱着双手，一动不动，那眼神里透出的不屑终于使她明白，小邪是这里的常客。

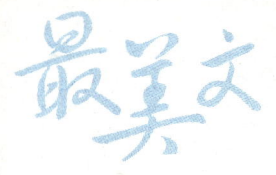

她始终没有放弃领养宁小邪的念头。她微笑着在他旁边坐下，刚伸手抚摸他的脑袋，就被他一掌拍开了。这个孤独而又不领他人情义的宁小邪，在顷刻间给了她一种同命相怜的安慰。

低头时，她看见宁小邪蓝布短裤上的补丁，心疼不已。在这个车水马龙的城市里，还有多少孩子穿着打补丁的短裤？

她向警方出示了领养证明，并在保单上签了字。出门后，她温和地对宁小邪说："孩子，你以后就和我一起生活吧，我会好好照顾你的！"

岂料，她这句朴质的话，竟把宁小邪吓得掉头就跑。她拖着臃肿的身体，一直拼命地跟在宁小邪身后。最后，路旁的一位巡警把宁小邪拦下了，宁小邪抬头看看她汗湿且微笑的脸，忽然有了妥协的意念。

二

宁小邪从不叫她阿姨，更不会叫她妈妈。每次有所需求的时候，总是漫不经心地朝她喊一声喂。

"喂，明天要交学费。""喂，我的那条短裤上哪儿去了？""喂，你翻我的书包有没有经过我同意？"

宁小邪上学没多久，就开始厌学了。他说班里的同学都不喜欢他，说他是小偷。她慢慢地劝慰他，拉着他乌黑的小手，如慈母一般，苦口婆心地告诉他诸多的人生道理。

宁小邪静静地看着她微白的发，粗糙的手，忽然有种想哭的冲动。从来没有那么一个人，像她这样，不厌其烦不离不弃地开导他。

清晨，宁小邪坐在她的三轮车上，心里溢满了欢喜。不知何时，她开始了这样的生活，每天骑着三轮车把宁小邪送到学校门口，而后又急急赶往农贸市场批一些新鲜的蔬菜水果，沿途叫卖。

她喜欢这样的生活，有事可做，有饭可吃，有人可等。

宁小邪喜欢吃糖醋排骨，他只在无意间说了一次，她就记住了。后来，不论刮风下雨，饭桌上总有一小碟鲜嫩的糖醋排骨。宁小邪从不问缘由，更不会朝她的碗里夹一筷子，但她仍旧很开心，因为每次宁小邪都会大快朵颐地将她亲手做的小菜吃得一干二净。

在一个下着蒙蒙细雨的下午，宁小邪逃了体育课，打着花伞提早回家。半路上遇上了浑身湿透的她，站在绸缪的雨中，和一位年纪相仿的中年妇女讨价还价。因为一毛钱，她和别人争执了很长时间。

宁小邪忽然想起她清早说过的话。"没事儿，这伞你拿着，我在市场里还有好几把，过去就能取。待会儿放学肯定也在下雨，别淋坏了，记得早点回家。"

宁小邪终于明白，家里其实只有一把伞。他换了另外一条路回家，绕很大的圈子。路上，他一直在盘算，一碟糖醋排骨究竟需要多少个一毛钱。

临睡的时候，宁小邪说："喂，以后别做糖醋排骨了，换点青菜吧，我都吃腻了。"她笑笑："行，你想吃什么，我都给你做。"

当她掖好被角转身出门后，宁小邪到底忍不住，嘤嘤地哭开了。她一个箭步飞奔过来，一把抱起床上的宁小邪，又是摸头又是抚胸，一遍又一遍地问："孩子，是这里疼吗？还是这里疼？"

宁小邪说不出话，躺在她温热的怀里，一直哭到沉沉睡去。

三

宁小邪从她的身份证上知道了她的生日即将来临，于是整天谋算着上哪儿弄一笔钱给她买点礼物。

宁小邪见隔壁的房子不错，看似很有钱，于是动了入室的念头。

当天，宁小邪没去上课，他悄悄爬上墙头，准备伺机而动。当他从枝

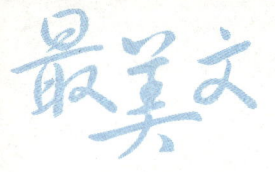

叶里站起身子，预备爬树下去时，一个威武的男人从里屋跳了出来。他的一声威吓，让心虚的宁小邪从爬满青苔的墙头上摔了下来。

宁小邪被抓的时候，她正在烈阳下蹬车叫卖。

当她在隔壁人家的院子里看到宁小邪的样子，并得知宁小邪已经骨折时，一向温和明理的她，忽然对着隔壁家的男主人面目狰狞，暴跳如雷。

她忘了，宁小邪是因为偷东西才变成这样的。

她顶着蓬乱的头发把宁小邪送进了医院，宁小邪一次次哭着问她："我是不是会变成瘸子？我是不是以后都不能走路了？"她一次又一次坚定地告诉他："不会的，只是轻微骨折，打了钢钉之后就会好起来的。"

为了凑够宁小邪所需的费用，她每天早出晚归，蹬几十公里的路，喊哑了嗓子，只为将那车满满的蔬果卖出去。

恢复期间的宁小邪脾气坏得不行，他经常说："与其这样没用地躺在床上，倒不如死了算了！"

她生怕宁小邪憋出毛病，便背着他，去了附近的足球场。宁小邪看着那些一路狂奔的孩子，沮丧地说："带我来这里做什么？我又玩不了。"

她把宁小邪送到了守门员的位置，朝他做了一个胜利的手势。

"嘭！"宁小邪稳稳地抱住了飞来的足球，她在旁边又蹦又跳，欢呼不已。宁小邪终于笑了，他不知道，这些孩子之所以愿意和他玩耍，不过是因为事先收到了她送的一大提桃子。

回程的路上，宁小邪一路笑个不停。她又一次告诉他人生的道理："其实每一种人都有价值。不管他是瘸子，聋子，还是傻子，只要他不放弃，就有活着的价值。"

宁小邪伏在她宽阔的后背上，第一次向她许诺，以后再不偷盗。

四

宁小邪第一次因为成绩拿了奖状。他想为她做一顿饭，给她一个惊喜，但买菜需要钱，而他曾答应过她，以后再不偷盗。

经过深思熟虑，宁小邪最终还是决定，从母亲的衣柜里拿十五块钱出来，买一点新鲜的排骨，他从未见她好好吃过一顿肉。

宁小邪学着她的样子，把新鲜的排骨洗净，丢到滚烫的油锅里炸一炸，而后又用事先准备好的糖醋调料泼上。虽然程序是对了，但毕竟掌握不好火候，结果，一大锅脆生生排骨硬是让宁小邪弄成了面目全非的焦炭。

宁小邪守着那盘焦炭等了许久许久，当她蹬着三轮车回来的时候，宁小邪早已趴在床上沉沉睡去。

她把今天赚到的钱尽数放到衣柜里，而后好好细算一遍，看到底还需要存多少钱才够宁小邪以后念大学。

十五块人民币不翼而飞，让她心痛不已，她断定，这就是宁小邪的旧病复发，倘若家里遭了贼的话，绝对不可能只拿走那么点钱。

那是她第一次打宁小邪，细长的皮条在宁小邪的身上抽出了一条又一条的火线。她一面狠狠地打，一面哽咽着说："你说！你答应过我什么？！你说！你到底答应过我什么？！我供你念书，教你做人，看来，全是白费了！"

宁小邪在狭窄的卧室里哭得喊天抢地："你听我说，你听我说，我不是偷钱，我真的不是偷钱……"

后来，宁小邪的一句话，使她再也用不出半点气力。宁小邪捂着通红的双手说："妈，今天是你生日！"

她忍住热泪，悄悄地走出房间，终于看清了木桌上的糖醋排骨。宁

小邪畏缩着，跟在她的身后，喃喃地说："妈，我没有偷钱，我真的没有偷钱，我只是想在你生日的时候给你做一盘糖醋排骨，让你也好好吃上一回肉……"

顷刻，在她内心积压的情感和生活的委屈，如同山洪一般喷薄出来。她紧紧地抱住宁小邪，禁不住大声嚎啕。

那盘面目全非的糖醋排骨是她生平吃过的最好吃的菜，从来没有一种菜，可以让她吃到泪眼潸潸。

期末考试如期而至，语文试卷的最后是一道命题作文是《我的母亲》。

她笑问宁小邪："你会把我写成什么样子呢？"

宁小邪说："妈妈，我写你是上天对我最好的馈赠。"

（原载《时代青年》（上半月）2012年第1期）

在无助寂寞的人生路上，亲情是最持久且有力的陪伴。不管是以何种方式聚合，都该当珍惜。

最温暖的归宿

文 / 邢占双

家,对每一个人,都是欢乐的泉源啊!再苦也是温暖的,连奴隶有了家,都不觉得他过分可怜了。

——三毛

人生漂泊,我的足迹踏过很多地方,我的身体也休憩过很多场所,但感觉最温暖的地方还是家,尤其是大草房,让我魂牵梦萦。

我的童年时光是在那儿度过的,那座房子在当时算得上数一数二,厚厚的苇草在阳光下闪耀金光,前墙是红砖的,木格子窗宽敞明亮。房前屋后都是挺拔翠绿的白杨树,站在院子里向南望去,一览无余,是碧绿的田地。房东有一口机井,鸡鸭鹅狗猪马牛羊都来这里喝水,燕子来这里啄泥,到屋檐下筑巢,整天飞来飞去地捉虫哺育儿女。

夏季的早晚时光,父亲母亲经常在小园中忙活,将每一棵秧苗伺候得水灵灵的,长势喜人。他们在蔬菜瓜果地中穿梭,忙碌得像蜜蜂一样。

冬季,父母很少闲着。母亲在炕上做棉衣,棉絮在阳光下飞舞,落在她乌黑美丽的秀发上。她不时地抬手将将头发,用手指比量比量衣物,一针一线地缝补。父亲站在地中央扎笤帚刷束,腰里系根绳,绳子一头拴在东屋门框上。一根一根秫秸经过他的摆弄,成为一把一把好看的笤帚刷束。那些东西可没少为我家换来零用钱。

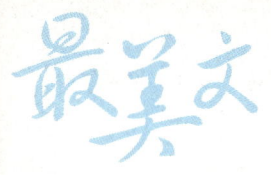

鸡们蹲在窗台上晒太阳,不时地发出叫声,用嘴啄一下窗框。炕头酣睡的小猫打着呼噜,睡醒了伸伸懒腰,舔舔爪子,洗洗脸。猫曾经丢失,六七天没有回家,在我们对它已经不抱希望时,忽一天晚上,外面有猫挠窗框的声音,母亲说,猫回来了。果真是它!这个小生灵还记得这个温暖的家,它脖子上还有拴绳呢。

每次从外面回来,我和妹妹如果不见母亲,问的第一句话都是"妈呢"?有母亲在,心里就感觉踏实。通情达理的母亲为我插上了寻梦的翅膀,十八岁我在外求学,六年内往返于家和城市之间,每一次母亲都送我到村头,望着我的身影消失在乡间小路上。多少次离别让我不忍回望,我害怕母亲那泪眼汪汪难舍难离的眼神。在校时也曾写过几封装满思念的信,没想到每次母亲读给父亲,都会让我以为不懂感情的父亲呜呜哭出声来。

参加工作后离家较远,回家成了一种奢望。对一个游子来说,最幸福、最温暖的时刻就是千里迢迢踏进家门的那一刻。卸下旅途的劳累,放下工作的压力,斜倚在热炕头,喝喝父亲倒的热茶,听听母亲讲述的故事,看着父母二人屋里屋外忙活做饭的身影,我仿佛又回到了童年那幸福的时光里。心情放松了,紧张的情绪也缓解了。

日月运行,父母和房子渐渐老去。有父母在的家才能称其为家,父母安在,儿女的心灵就有了依靠,父母安好,家才有了灵光。家是我们最温暖的归宿。

(原载《语义报》2014 年第 17 期)

家的感觉是温馨的,每一个游子的心里,都有这样一个地方,想起来都是暖暖的。心若没有栖息的地方,到哪儿都是流浪。

第七辑

声音的温度

　　自此以后,我开始相信,声音也是有温度的,它能把一种至深的温暖传递给那些处在孤独和恐惧中的人们。

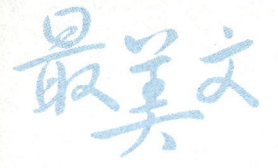

刨地与鲜花

文 / 查一路

使学生对教师尊敬的唯一源泉在于教师的德和才。

——爱因斯坦

在名来利往的红尘中,我问自己:为什么能够避开市嚣,子承母业当一名教师。其原因我想来想去,想出了这么一句话:刨地与鲜花。

我母亲曾是一名乡村教师,在她一生从教的偏僻山村里,她被学生家长们奉为"圣人",而备受尊重。山里人自有表达尊敬的朴素方式。贫瘠的岁月里,他们却常常让自己的孩子,送给老师他们从饥寒的口腹中节省下来的"礼物"。比如,拜年的红糖,咸鱼腊肉,四季的瓜果。

在我的记忆中至今还存封着当年带着露珠的茄子,带刺的黄瓜,毛茸茸的带壳青豆。当这些珍品还挂在枝头生长时,就被急不可待地摘下来,送过来给我母亲尝鲜。

母亲是个善良而又有职业道德的老教师,心中装着乡村的苦难,她从来不白吃白拿,一只辣椒已感不安,倘若一只葫芦定让她通宵失眠。她通常用一本小本本把这一切一笔笔地记下来。比如:王建设家送来十个辣椒,曹万根家送来一个南瓜……

那时,我们家吃的是商品粮,每月照例供应十斤乡村只有在过年才能见到的豆腐。这点稀罕物，垂涎欲滴的我们是不能轻易尝鲜的，都被母亲作为回赠一块一块地分送给了学生家长。但是，母亲的记事本也有让我费解的地方，如"程流虎的父亲送刨三块地的力气"。我们家门前种着三块菜地，母亲是个读书人，正好少气乏力。

我困惑不解，母亲把我叫到跟前告诉我，地是程流虎的父亲挖的。程流虎家很穷，就送来了三块地的力气。再看那地，被整得平平整整的，划成规则的三块蛋糕。土被耘得很细，像磨房里新磨出来的面粉。

母亲蹲下身用手捻着细细的土，眼睛湿湿地说："瞧这份心意！这是最好的礼物。"站起身来仿佛已做出了重大决定："回头送给程流虎家的豆腐多加一块。"

直到退休前，母亲都一直留在那个其他教师片刻也不愿停留的贫困乡村学校。个中的原因可能跟所受到的非常礼遇有关，当然其中也包括"三块地的力气"，她可能觉得几块豆腐是无法偿清学生家长所寄托的情谊和热望的。

如今我已离开母亲工作过的乡村，到了城市，不过职业仍是教师——一所师范学校的教师。每年的教师节和元旦，我的学生们总会给我一份如约而至的感动。

讲台上摆放着贺卡，黑板上写满了祝福，当我走进教室，他们会突然一起唱起一首甜美的歌。虽然年年如此，可以预约，但我看着黑板上描画的心形的图案，全班学生的签名，贺卡上稚嫩真诚的表达，心情总不会平静。今年的元旦，讲台上加了一枝鲜花，坐在前排的小女生小声地告诉我：班里的同学跑遍了全市的花店，挑出了最大最美的一朵。

我给他们深鞠一躬，如果我有母亲的记事本，我要记下这样一些内容：贺卡；一黑板的祝福；甜美的歌声；令人陶醉的笑脸；一朵跑遍全市才买到的最大最美的花。我没有母亲的记事本，但像这样的心灵财富，我要用

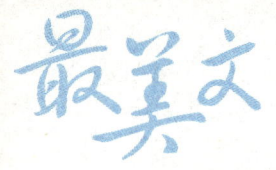

心深深地记着。

　　从刨地到鲜花，表达的方式变了，但是，有一种不变的情感和传统却一直在延续。清贫的岁月中，我之所以能固守着不变的信念与操守，是因为我从刨地与鲜花这些寻常的事物中，寻找到了关于事业、关于生活、关于生命，计量的砝码和普遍的意义。

（原载《语文周报》2014年第7期）

　　山感恩地，方成其高峻；海感恩溪，方成其博大；天感恩鸟，方成其壮阔。当一个人经常说"感恩"的时候，他的生活便少了一份报怨，多了份珍惜。因为感恩才会有真挚的情谊，因为感恩才让我们懂得了生命的真谛。

掌心里的桔子

文 / 赵海生

爱是生命的火焰，没有它，一切将变成黑夜。

——罗兰

去医院探望熟人。

轻声地问候和祝福，让病中的人获得了些许慰藉。病床旁边，躺着位老先生，或许是听觉的原因，一直大声地嚷嚷。

他在说一件事。

床边是一位老太太，轻手轻脚，低眉顺目，或许在一起生活多年的缘故，似乎对老先生地嚷嚷，习以为常。

听了一会儿，才听出老先生是在说有关桔子的事。老先生要吃桔子，看起来，他是个急性子，等得不耐烦。不由得责备起来："人老啦，真不中用，你看这老太婆，让她拿个桔子，她一直放在手心里足有五分钟了。动作这么慢！以前可不是这样啊！"

老太太轻声地解释："不是慢，也不是把桔子忘在手心里了，你还不知道自己的毛病？"

两个人，声音一高一低地对着话。

明白了。原来，老先生患有严重的气管炎，一到天冷，容易咳嗽，尤其吃生冷的食物，更容易咳嗽，可是他爱吃桔子。老太太把桔子握在掌

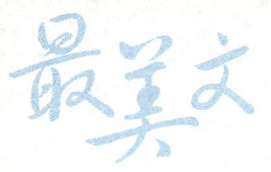

心,是想用掌心的温度,将桔子焐热。每到冬天吃桔子,老太太总会把桔子握在掌心焐上五分钟,再递给老先生。

妻子夸老太太真有慧心。而我想,相濡以沫几十年,爱到深处,不经意间总有温馨的细节在潜意识中流露出来。只是在冗繁的生活中,这些细节像金子埋在沙堆里,秘而不宣而已。

身边常有看似好好的一对夫妻,忽然间就离了。原因也不是什么大不了的事,都是指责对方对自己不够关心,不够理解,不够体贴。不断摩擦,由小生大,终至水火不相容。其实,生活好了,物质上什么都不缺。缺的就是这"握在掌心的桔子"吧?

迎着傍晚金色的暖阳,我常常在郊外散步,也常常想到那对老夫妻。尘世中,每个人都得忍受自身的病痛和外界的伤害,内心常常有难以言说的痛苦和焦虑。收获一个温馨的细节,至少能获得片刻的拯救。

同时,我也想到了妻子,她很少休息,几乎在所有的时间里奔波劳碌,在夜色中疲惫归家。我想了很多,想到了所有我爱的人……我该如何表达我内心的柔情?

在一个合适的时间,我也想把我掌心的体温,传递给他们,我想他们会明白我要说的一切。

(原载《家庭保健》2012 年第 3 期)

世上有两种可以称之为浪漫的感情:一种叫相濡以沫,另一种叫相忘于江湖。我们要和最爱的人相濡以沫,和次爱的人相忘于江湖。所以,能牵手的时候请别肩并肩,能拥抱的时候请别手牵手,能相爱的时候请别说分开……

在冬夜里歌唱的鱼

文 / 李紫

得到他人的关爱是一种幸福,关爱他人更是一种幸福。

——莎士比亚

天空是一片灰蒙蒙的苍茫,鸟儿去了岑寂的北方。火烧云沉到山那一边,山岗上,风一阵冷过一阵,蒿草在风中萧瑟。目光越过一道道山梁,一个人的影子就会在昏暗中挟裹着晚风,逐渐清晰。我和妹妹在等待父亲,和父亲手中的鱼。

胖头鱼,头重尾轻,一种乡村廉价的鱼,很适合我父亲的购买能力。父亲微薄的工资,要养活一家六口,所以很少笑,只在递给我们拴鱼的草索时嘿嘿几声。在夜色中,牙齿很白,这是他留给我最深的印象。

我飞跑着,把鱼交给母亲,妹妹在身后摇摇晃晃地追赶。母亲接过鱼,刮鳞、剔腮、破肚,整条的鱼分成小块。菜籽油的香味混合着松枝腾起的浓烟弥散开来时,厨房成了温暖的心脏,召集一家人围拢到一起,催促着母亲往炉膛添柴。火舌从灶口舔出来,母亲的影子贴上后墙,忽大忽小,斑驳摇曳。罡风缠绕窗棂发出呜咽的叫声,屋里的温度升起来,热量向着寒冷四散突围。

锅中的水,沸腾起来了。咕噜咕噜,鱼开始在水中歌唱,由一个声部转入另一个声部。这是世间最美的音乐,传递口福的消息。大姐在这时也

不忘记做弟妹们的表率，装模作样地伏在灶台上做作业；二姐的眼睛随着腾起的蒸汽升高，用桃木梳梳她又黑又粗的长辫；妹妹和我，绕着灶台打架，虚张声势，有别于平日里泄愤的争斗，而是在幸福的预感中，矫揉造作，故作娇嗔。黝黑、冷峻的脸上露出慈爱和笑容，父亲还在沉默独坐，而他内心必然掠过一阵阵瞬间的喜悦，眼前的景象是他的成就。

不知道时间过了多久，母亲撮起嘴，吹锅盖上的蒸汽。揭开锅盖，如同揭开一个谜底，鱼怎么样了？母亲撒下大把翠绿的葱丝，鲜红的辣椒。锅盖合上时，她用毛巾环绕地盖住锅与盖的缝隙，让蒸汽闷在锅里，鱼骨就会渗出骨髓和异香。

母亲只用鱼汤淘饭，她用筷子挑出一块大而少刺的鱼肉，放在一只小碗中。

推开那间草屋的门，温暖的鱼让瞎佬爷爷冰冷的小屋同样获得了温度。老人边吃边有泪水涌出，他说辣椒太辣，不知道是不是太辣的缘故？

同样是一个冬夜，这位孤寡老人孤单地走了。临终前，他告诉在场的人，他庆幸最后的时刻是在这个冬夜，因为他吃到了我母亲送给他的鱼。他用手摸着胸口，说，这里很暖！

另一个冬天，黄昏时我们不再去那个山岗张望，我父亲在这年的秋天去世了。妹妹的黄发已经扎成了小辫，我们渐渐长大成人。温暖只会在寒冷中感知，冬夜是我人生最初的一门课程。当严寒来袭时，需要取暖，并且不让一个人孤单。

（原载《小作家选刊》（作文考土）2009 年第 4 期）

关爱别人就是关心自己，爱人是帆，爱己是船。只有彼此推动和支撑，才能使爱心长驻，爱意永存。

美丽与苍凉的手

文 / 闻明

母爱是世间最伟大的力量。

——米尔

午间睡觉,忽然感觉头发被人轻轻地拂过,睁开眼,母亲站在身边,我问,母亲您找什么呢?母亲叹一口气:白发怎么添了这么多?你三十才出头啊!我心里一酸,我每添一根白发,就给母亲多添了一份焦虑和心疼。

这双拂动我头发的手,我几乎长久地把它遗忘了。现在,注视着这双手,我忽然感觉是那么陌生。它已布满了老年斑,显得衰老、苍凉和力不从心。

这不是定格在我记忆中的母亲的那双手,那是一双美丽的手。

布满慈爱,神奇,仿佛具有改变一切的能力:在岑寂的旷野,我曾经哭喊,这双手替我拭去泪水;我曾经奔跑,膝盖磕出了血,这双手为我抚平伤痛;我曾经逃学,曾经不做作业,这双手拧着我的耳朵,罚我跪在家里的厅堂前;我曾经负笈去远方求学,这双手为我准备好行装;当我回到久别的故乡,这双手手搭凉棚,向着我归来的方向眺望。

曾经那样熟悉,是它牵引我来到这悲欣交集的人世,它恩威并重,给我物质和精神的家园。它打我,爱我,给我庇护,给我惩罚,教会我辛勤劳作,诚实做人。

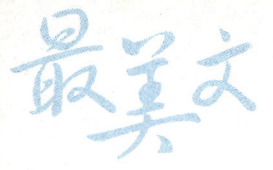

冬日黄昏风凛冽着，母亲带我到池塘边洗菜，站在水边，这双手解开自己的围巾，将我厚厚地围住。我站着也觉得冷，可是这双手，破开冰凌，洁白的手与新绿的菜一同伸在水里，一会儿就冻得通红；春天碧绿的菜畦边，蒲公英和马蹄兰灿烂开放，天蓝地绿，蜂飞蝶舞，这双手跳跃在花草丛中，为我采集野花。

此刻，这双手给我留下的印象是那样的强烈，它衣着春阳华丽的金帛，像两只舞蹈的白色蝴蝶；油灯飘摇的夜里，这双手抚我入睡，拉着打蜡的麻线穿过鞋底。麻线把夜拉得悠长悠长，我在鞋底吱吱的叫声中做梦，一觉醒来，这双手就把梦变成了现实。

这双曾经美丽的手，转瞬间变得苍凉。母亲眼中的孩童，如今已过早地生出了白发。头顶永恒的星光，是时光带人走得很远，也带走了青春和美好。这双手已不再神奇，因为，它打不败时间。

沧桑已浸漫到母亲的每条皱纹，时间正改变着这双手的力度。无奈和乏力，让它丧失了改变事物的能力，然而，这手中的爱有增无减。

母爱是人类情绪中最美丽的，因为这种情绪没有任何利禄之心掺杂其间。

（原载《语文报》2015 年第 28 期）

人生最美的事物之一就是母爱，这种无私的爱，道德与之相比也相形见绌。

风雪夜归

文 / 杨晴

母爱是一种巨大的火焰。

——罗曼·罗兰

这只老鼠太可恨了，母亲恨恨地说，也不知怎么的，最近闹出忒大的动静。它推倒了油瓶，咬破了米桶，甚至试图掀翻锅盖。

我去母亲所在的城市看母亲，正赶上入冬后的第一场雪。母亲命我去买老鼠夹，她要亲手将这只鼠给灭了。给老鼠夹小心地挂好猪油，母亲说，今晚就看好戏吧。睡到深夜，听得咔嚓一声脆响。

第二天，我和母亲都起了个早。上厨房一看，老鼠没死，鼠夹只是夹住了尾巴，这只大而消瘦的老鼠拖着鼠夹，像爱斯基摩人的狗拉着雪橇，叮叮当当在厨房兜圈子。我提出处死这只老鼠的各种方案，母亲听了直皱眉头。她认真地观察着老鼠，走过去竟把它放了。我不知道这是为什么，但母亲决定的事总有她的道理，刚愎加上老年人的执拗，也容不得下辈置喙。我只好讪讪地说，这以后您又得遭殃了。

前不久，母亲的老同事来我这里，见面的第一句话就是，哎呀！你母亲真是个儿女心特重的人啊，没见过她那样。他说起了一件事，上世纪七十年代，一次全县教师集中学习，散会的那天天下着大雪。因为会议延时，散会时已没有了班车，我们五个人说好了在旅社里歇一夜再走。可是

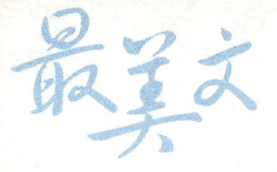

你母亲突然想起来了,她说她跟儿女们说了当天回家,她说我的儿女在等着我呢,就是天上下刀子也要回去。说完就顶着风雪拔腿往回走。

我记起来了。那天我们确实等待了一个下午,夜晚又爬到一个山岗朝着母亲的来路张望。风雪几乎要将我们扑倒,姐弟四人只好拽住一棵树,就那样缩在树下等。见到母亲已经是夜里十一点多了,在失望中突然欣喜欲狂,至今那种感觉我仍然能清晰地忆起。母亲为了在我们的等待中回家,走了整整八十里的风雪夜路。还记得当时我大姐说了一句,好了,妈妈回来了,天塌下来都不怕了。

似乎找到了答案,我打电话给母亲,提起了她老同事提及的事,并且问到了老鼠。果然,母亲说,她头一天倒垃圾,在垃圾堆看见了一窝五只刚刚睁开眼的小老鼠,可怜又可爱,那天夜里她似乎又听到了小老鼠的叫声,第二天早晨她看到夹住的那只就是一只母鼠。

放下电话前,母亲说了一句,可怜在风雪的夜里,小东西也像人一样等着它们母亲回家啊,毕竟也是生灵!

不知道上世纪七十年代那场风雪夜归的图景,是不是一直印在母亲的心里。在儿女的等待中回家,这是被天下母亲们看得比天塌下来还大的事,也许这就是母亲怜悯并放归那只母鼠的理由。爱,终会在生灵之间找到支点,并将超越一切功利。

(原载《考试报》2015年第9期)

  天没有母爱高、海没有母爱深、水没有母爱清澈、地没有母爱包容的精神。甚至可以说,母爱比世上任何万物都美丽、都和蔼可亲。

和父亲掰手腕

文 / 莉川

> 生活是一个宏伟的竞技场，大家尽可以在那里进行争取胜利的较量，但必须老老实实地遵守比赛规则。
>
> ——帕斯捷尔纳克

每个男孩子的面前，都站立着一个强大的父亲，父亲——是现实意义的，又是精神层面的。男孩子征服世界的欲望，是从战胜父亲开始的。

儿时，我喜欢与父亲掰手腕。总是想象父亲的手腕被自己摁在桌上，一丝不能动弹，从而在虚幻中产生满心的喜悦。

可是，事实上，父亲轻轻一转手腕，就将我的手腕压在桌上。他干这些事时轻而易举，像抹去蛛丝一样轻松。直到我面红耳赤、欲哭无泪，父亲才心满意足地收兵罢休。

本想得到父亲的宽慰，可是父亲每每都将我暴损一通。他指着门前的一棵树，"臭小子，想跟我较劲，除非你能将门前的那棵树掰弯。"

于是，我从十岁一直掰到十三岁。开始那棵树纹丝不动，渐渐地树叶乱晃，直到后来树向我弯腰臣服。期间，有与父亲的"明争"，更有与树的"暗斗"。直到有一天，我竖起胳膊，意外地发现自己的瘦弱如丝瓜般的胳膊上，竟长出了肱二头肌。

我喜出望外，庄严地举起瘦瘦的胳膊，向父亲发出挑战。我一点点地

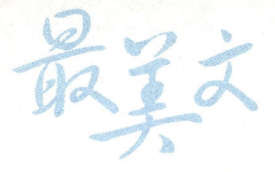

将父亲的手腕压下去。到了关键时刻，顷刻间，父亲故伎重演，终于又将我的手腕压了下去。

这次，我沮丧得哭出声来，我母亲走过来，责怪我父亲："你比孩子大还是比孩子小？你就不能让他赢一次？"

"让他？"父亲翻翻眼睛，"除了我能让他一次，这个世界，没有第二个傻瓜会给对手一次赢自己的机会。"

当我的力量足够强大时，父亲却在我十三岁那年早早地病故了。这十几年来，我没少跟一些人和事掰手腕。与时间，与困境，与失败，与沮丧，甚至与自己。时而输也时而赢，靠的全是信心、毅力、耐力和实力来说话。没有一次心存侥幸，赢得明白，输得坦然。因为，心里一直明白，即便是自己的父亲，一旦成为对手，他都想赢你。

这个世界上，还有谁愿意输给你，哪怕是一次！

（原载《深圳青年》2005年第14期）

别相信结局，那只是又一个开始，信念是精神的礼物，它可以让灵魂始终追随它自己的演变。我们的智慧不是他人赐予的，我们的人生道路只能靠自己去走，没人可以代劳。

声音的温度

文 / 程印

人家帮我，永志不忘；我帮人家，莫记心上。

——华罗庚

那年，一场变故悄悄潜入我家。先是母亲生病住院，体质本就羸弱的父亲，因焦虑过度，也随即病倒，父母双双住进了医院。

太阳从西边落山，恐惧却从我的心头升起，那年我才13岁。山村的夜色中，黑黢黢的远山像一幅剪纸阴森森地贴在窗户的玻璃上，偌大的屋子里，只剩下我和妹妹。山中的狼群，一声接一声凄厉地哀嗥，常常将我和妹妹从梦中惊醒。

我们住在一所山村学校，叫喊声未必能让远处的人家听见，忽然，我想起了哨子——母亲上体育课时用的哨子。鼓起胸腔，拼命地让全部的气流吹出尽可能最大的声响。渐渐的，我听见了家门前由远及近嘈杂的脚步声，大声说话的声音，窗外交织着手电筒的光亮。

我听见了乡亲们喊我的名字，开了门，一群人扛着锄头站在我家门前，他们都是周围我熟悉的乡亲。善良的黑脸，热切的目光，一群人由衷的关爱，驱散了我内心的恐惧。

"孩子，你睡吧！这一夜我们不走了。"一位大爷说。他们在墙根靠下了锄头，坐着，蹲着，吸着旱烟，大声地说话……我渐渐地睡着了。直到

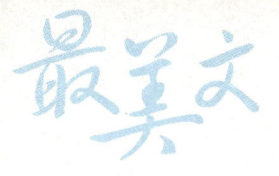

天亮，他们才扛起锄头离开。

临近黄昏，乡亲们又来了，他们用锄头在石板上撞击出铿锵的声响，好像在告诉我：孩子，别怕，有我们在！谁也伤害不了你！

从此，每天夜里，围绕这屋子的前后，会约定似的响起来来回回的脚步声、锄头的叮当声。

脚步声断断续续要响一整夜，他们边走路边大声说话。我知道，这么黑的夜，他们不是要赶路或者侍弄庄稼，而是要用说话声给我驱赶恐惧，要用声音告诉我：我们都在窗外！

自此以后，我开始相信，声音也是有温度的，它能把一种至深的温暖传递给那些处在孤独和恐惧中的人们。

（原载《优秀作文选评》（小学版）2011年第1期）

仁爱的话、仁爱的诺言，嘴上说起来都是容易的，只有在患难的时候，才能看见朋友的真心。